一条自由飞翔的鱼

江东璞玉

百花洲文艺出版社
BAIHUAZHOU LITERATURE AND ART PRESS

图书在版编目(CIP)数据

一条自由飞翔的鱼 / 江东璞玉著．—南昌：百花洲文艺出版社，2013.10 （2018.12 重印）

（微阅读 1＋1 工程）

ISBN 978－7－5500－0802－1

Ⅰ.①一… Ⅱ.①江… Ⅲ.①小小说—小说集—中国—当代 Ⅳ.①I247.8

中国版本图书馆 CIP 数据核字(2013)第 252368 号

一条自由飞翔的鱼

江东璞玉　著

出 版 人：姚雪雪
组稿编辑：陈永林
责任编辑：赵　霞　龚晴瑜
出　　版：百花洲文艺出版社
发行单位：全国新华书店
印　　刷：湖北画中画印刷有限公司
开　　本：700mm×960mm　1/16
印　　张：12
版　　次：2014 年 2 月第 1 版
印　　次：2018 年 12 月第 3 次印刷
字　　数：128 千字
书　　号：ISBN 978－7－5500－0802－1
定　　价：29.80 元

赣版权登字：05－2013－357

邮购联系：0791－86895108
网址：http://www.bhzwy.com
图书若有印装错误，影响阅读，可向承印厂联系调换。

前　言

以“极短的篇幅包容极大的思想”，才能够以小胜大，经过读者的阅读，碰撞出思想的火花，震撼人的心灵。正因为这样，微型小说成为一种充满了幽默智慧、充满了空灵巧妙的独特文体。

如果说在二十一世纪的头一个十年，是互联网大大改变了我们的生活，那么在我们正在经历的第二个十年里，手机将更为巨大地改变我们的生活。如今，以智能手机为平台，正在构成一个巨大的阅读平台。一种新的阅读方式正不知不觉地走进大众的生活。一个新的名词就此产生，它便是“微阅读”。微阅读，是一种借短消息、网络和短文体生存的阅读方式。微阅读是阅读领域的快餐，口袋书、手机报、微博，都代表微阅读。等车时，习惯拿出手机看新闻；走路时，喜欢戴上耳机“听”小说；陪人逛街，看电子书打发等待的时间。如果有这些行为，那说明你已在不知不觉中成为“微阅读”的忠实执行者了。让我们对微型小说前景充满信心和期待的是，微型小说在微阅读的浪潮中担当着极为重要的“源头活水”。

肩负着繁荣中国微型小说创作、促进这一文体进一步健康发展的责任和使命，微型小说选刊杂志社推出了“微阅读1+1工程”系列丛书。这套书由一百个当代中国微型小说作家的个人自选集组成，是微型小说选刊杂志社的一项以“打造文体，推出作家，奉献精品”为目的的微型小说重点工程。相信这套书的出版，对于促进微型小说文体的进一步推广和传播，对于激励微型小说作家的创作热情，对于微型小说这一文体与新媒体的进一步结合，将有着极为重要的作用和意义。

编者

2013年8月

目　录

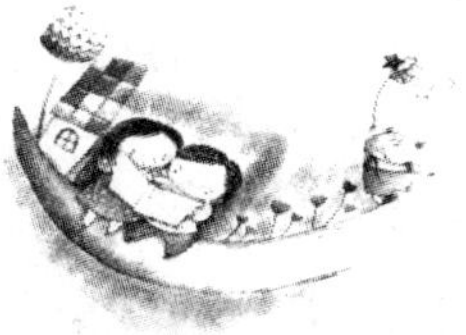

感谢蚊子

馋娃现在不叫馋娃了，叫单凹，音同字不同，写起来很简单、很文学、很有档次的名字。但他仍然记得他叫馋娃时那一记耳光，这个耳光像三伏天的一声炸雷，震得他二十年来都不得安宁。尤其是现在，那个给他一记响亮耳光的人就在他手下干事。看着这个昔日比自己优秀、给了自己一记耳光，并且是当着那么多同学的面，当着他暗恋的贺婷婷的面，单凹的心就更是疼得难受。

二十多年前，馋娃在老家农村上初中，因为离家近二十里，他就在学校上灶了。馋娃的饭永远是苞谷糊汤和从家里拿来的酸菜，也永远是“初三（3）张馋馋三两……”。不这样不行啊，馋娃家里穷，两个姐姐没上到五年级就回家割草喂猪了，大哥快三十了还没娶下媳妇。馋娃就是在同学们的嘲笑中走进教室的。教室里已经有七八个男生，四五个女生扎成两个堆儿边吃饭边聊天。看见馋娃进来，金宝端着崭新的搪瓷碗站起来，哇，又是初三（3）张馋馋三两啊！馋娃从家里拿不来馒头，不管是黑馍还是黄蕎馍，永远没有。他就只有吃三两了，别的同学吃的是二两。馋娃红了脸，低了头，独自走到自己的座位上吃饭。馋娃没有想到的是金宝在和那几个同学叽咕了一阵后，走过来，猛地在他左脸上拍了一巴掌，这一巴掌很响亮，似乎把教室的屋顶都要掀翻了。

馋娃眼冒金星，他看见贺婷婷嘴角的笑，那笑更刺伤了他脆弱的心。馋娃红了眼，要把手中的饭碗扣到金宝的头上时，金宝却堆起笑脸，对不起，对不起，我看见你脸上有一只苍蝇，原来是一个黑痣啊……

面对屈辱，面对嘲笑，馋娃唯一能做的就是废寝忘食地学习。

三年后，馋娃终于考上了大学，跳出了农门。当馋娃重新回到洛州时，他的名字已经摔掉了土得掉渣的俗气，而是文雅的有些拗口了。在每一张开出的罚款票据上，“单凹”两个字龙飞凤舞，充满了张扬和霸气。

从现在开始，我们说到我们的主人公便要叫“单凹”了。单凹遇到金宝是在一个阳光把人烤得流油的中午。当时的情景是这样的，穿着制服的单凹站在摆地摊的金宝面前时，他们两人一时间都愣住了，他们没有想到二十年没有见面，见面竟然是这样的情形，和二十年前的身份相比简直是倒了个儿。金宝认出站在面前穿制服，拿罚款收据的是馋娃后，忙从身上掏烟，单凹已经从惊愕中恢复常态，他装作不认识金宝了，板起面孔说，交罚款吧，十元。金宝掏烟的手僵在了口袋边。单凹又一次严厉地说，交罚款吧。

看着饭桌上显然没有食欲的单凹，贺婷婷说，你今天怎么了？病了？单凹说，我遇到金宝了。哪个金宝？就是我们上初中时那个金宝啊。他爸是公社革委会主任的。贺婷婷就笑，怎么？又想起那一耳光了？单凹叹一口气，说，本来就没忘记，这下又想起来了。这顿饭就吃得没滋没味。更要命的是从那天以后单凹是茶饭不思，夜不能寐。贺婷婷说，去看医生吧。单凹说我没病。

单凹不想见金宝，可又不得不见。金宝好像和他拗上了，专在他管辖的地盘上摆摊，也不再做给他掏烟的动作，老远看见单凹来了，就从手里抽出一张十元的票子准备好了给他。看着金宝眼里轻蔑的目光，单凹恨不得撕一百张罚款收据丢给金宝，遗憾的是他只有十元的最高罚款权限。

睡在贺婷婷身边，单凹想象着用巴掌在金宝脸上猛抽一下的快感。这个有快感的梦没做多久，金宝就在他的辖区租门面开了一家门市部。款是不能再罚了——就连这一点点的优越感也被剥夺了，单凹想到一记耳光之耻没有雪洗的机会心里就痒痒的。贺婷婷说，算了，不就是一记耳光吗，陈谷子烂芝麻的事了。再说，我这个你当年暗恋的对象不是也睡在你身边了吗？单凹说，那不一样，如果他现在是我的领导，或者是大款那就另当别论了，关键是他现在什么都不是，什么都不是的人凭什么打我那么响亮的一记耳光？况且是当着那么多同学的面，当着我暗恋的女生的面……

日子还是这样过着，单凹按部就班地干他的工作，金宝早出晚归地做他的生意。两个人见面了不冷不热地打个招呼。单凹还在夜里做抽金宝耳光的梦，但只是梦而已。就在单凹以为他今生都没有雪洗一记耳光之耻时，机会却在不知不觉中来到了。已经做了阔太太的当年班花提议，“五一”节那晚，在洛州城生活的同学搞一次聚会。就在这次聚会上，单凹和金宝竟然阴差阳错地坐在了一起，竟然是邻座。酒至半酣，单凹忽然感觉到报仇、雪耻的机会来了，他斟满自己和金宝面前的酒盅，站起来冲金宝说，来，咱哥俩干一杯！这杯酒刚下肚，单凹猛地在金宝脸上抽了一个耳光，这个耳光很响亮，雅间里两个桌子上的人都把眼光瞅过来。

单凹张开手掌给大家看，没什么没什么。我帮金宝打死了一只蚊子。

单凹细皮嫩肉的掌心里有一个黑点，谁也看不清那是不是蚊子，但夏天的夜里是该有蚊子的吧。人们只看到单凹的脸在橘黄色的灯光下红光满面。

才女惠子

惠子是一个才女。十八岁上高中时惠子的诗就发表在洛城的《洛河》诗刊上。那时候，是顾城、舒婷、北岛、席慕容最鼎盛的时期，也是诗歌最鼎盛的时期。洛城写诗的男男女女多了，而真正写出名的就是惠子。惠子的诗很有灵性，惠子的诗上了《星星》，上了《诗潮》，有一首十二行诗还上了《诗刊》。

写诗出了名的惠子在那次小城文学创作座谈会上认识了同样写诗的黎明。黎明是小城中学的语文教师，黎明爱上了惠子其实是从惠子的诗中爱上的。多年以后，惠子才明白，黎明爱诗准确地说爱惠子的诗胜过了爱惠子。当惠子和黎明走进平凡的婚姻后，惠子头上才女诗人的光环在黎明的眼里慢慢褪色，直到消逝。黎明在一天晚上抚着空空的被窝，看着伏案写作的惠子，黎明空落落的心里忽然悟到，他要找的女人根本不是惠子，他要找的是一个真正的女人，一个知冷、知热、知道心疼男人的女人。惠子的诗发表的越来越多，惠子和黎明的距离越来越远。惠子说黎明简直俗不可耐，黎明说惠子不食人间烟火。

离婚！两个人同时从嘴里说出这两个字时都大吃了一惊。看着还在写 a-o-e 的女儿，惠子和黎明在婚姻的长河里又走过了半年，婚姻还是走到了尽头。没有争吵，没有上法庭，两个人很平静地分手了。

离了婚的惠子更加勤奋地写诗。惠子说，只有诗才是她的全部世界啊。直到惠子的诗集出版后，惠子才知道诗其实并不是生活的全部。出版这部诗集花费了她近乎半生的积蓄，而卖不出的诗集像一张张冷嘲热讽的脸，这让惠子怀疑她当初舍弃婚姻而追求的事业是不是错了？令惠子大彻大悟的是她碰到昔日的闺房密友也是前夫现在的爱人牵着女儿逛街的情景。看着女友欣赏女儿时满脸的幸福和满足，小女孩天使一样的笑容，惠子的心如二月春雷般一动。这种震撼是她从来没有体验过的。

看着前夫从远处走来，夫妻二人牵了孩子的手欢快离去的背影，惠子竟然呆呆的不知身在何处？

惠子再婚时已是三十挂零了，和她走进婚姻殿堂的男人比她还小五岁。男人搞绘画，是真正的艺术。惠子这样说。总结上次婚姻失败的教训，惠子心安理得做一个家庭主妇。惠子买了家庭日用食谱，买了育婴知识小册子，买了怎样做一个好妈妈……每天早上，惠子都会去菜市场按前一天晚上开出的菜谱买菜，精选细做，照着摆在案几上的菜谱一步一步做出色香味俱全的菜肴，看着下班后的丈夫津津有味的吃相，惠子陶醉在幸福婚姻的喜悦里。在一次文友聚会上，黎明问惠子，最近又发表什么新作了？惠子很坦然地回答，每一个成功的男人身后都有一个默默奉献的女人，我就是那个女人。一年后，惠子生了一个女儿，惠子的心就放在了女儿的身上，吃喝拉撒，按时给孩子打疫苗，定期上医院检查身体，让男人从菜市场随便捎带买些菜，早上糊汤晌午面过起了平常人的生活。

当然了，小城文友聚会仍然忘不了小城才女，惠子是每会必到的。那些80后，甚至90后的诗歌爱好者听“前辈”们讲小城才女的赫赫有名，看惠子逢会必带的个人诗集，都瞪大了眼睛看惠子。他们不明白眼前这个目光涣散，毫无气质的女人怎么就能写出那么有灵性的诗？

那个搞绘画的男人五年后终于成名了。成名了的男人有一天在惠子面前放了一张“离婚协议书”。男人说，离婚吧，我真的忍受不了你的平庸。惠子随后知道了男人爱上跟他学绘画的女弟子。男人说，惠子，我真的不敢相信“小城才女”的桂冠会戴到你的头上，我甚至怀疑那些诗是不是你写的？你看看你的穿衣打扮，你看看你走路的姿势，你再看看你在菜市场和菜贩子讨价还价的形象……惠子没等男人的嘴巴停下来，扬起手狠狠地抽了男人一个耳光，转身离去。男人愣在那里，看着远去的惠子，目光迷离。

不管如何，在洛城文化馆的档案室里，在某一个档案柜里，有一个档案袋，里面装着一本厚厚的诗集。作者是惠子。牛皮纸档案的封面上写着“小城才女”。

图书馆坐落在洛城最繁华的大街上。馆里的现代诗专柜里，小城才女的诗集永远是洛城读者引以自豪和骄傲的。你总能听到一个人对另一个人说，瞧，这是我们洛城最有名的诗人，和舒婷、席慕容齐名呢！另一个人就会不由自主地念出了声——小城才女啊！

浇 花

客厅里有四盆花，说是“花”，没有一盆开放的，但都绿得可爱，真正的郁郁葱葱。一盆君子兰，一盆玉树分别放置在电视机两侧；一盆棕竹，一盆铁树在鱼缸左右。长方形的鱼缸里五尾金鱼——两条黑色的，三条红色的——在水草间嬉戏。

秦歌回到家的第一件事就是给花儿浇水。去卫生间给喷壶里注了水，然后“扑哧扑哧”地打气，优雅地给那些玉树啊、棕竹啊喷水。那从喷壶喷出的水像雾弥漫在绿云一样的枝枝叶叶上。圆形的、锥形的叶面上就有了露珠往下“滴答滴答”地掉。

这时候，妻子美云正窝在沙发里看电视剧《还珠格格》。美云看电视很投入，懒懒地靠在沙发上，脱了袜子的双脚蜷缩在双腿之间，两只手就去握了两只脚，两只眼睛盯着电视机一会儿笑，一会儿哭，一会儿又恨恨地，当然是恨容嬷嬷了。

秦歌浇了花，看着满室苍翠，心里就舒服了许多，捏了一撮鱼食投进鱼缸，看那几尾金鱼从水深处游上来抢食，就很惬意地笑。然后走到沙发前，拥了美云一起看电视。秦歌的右臂环在美云的腰上，美云就顺势窝在秦歌的胸怀里，回眸一笑，说，我的沙发来了，让我好好靠一靠！美云的脸上充满幸福的笑。四十岁的人了，不见一点老态。没有臃肿的眼袋，没有明显的鱼尾纹，脸盘上也不见褐色的色斑。倒是白里透出隐隐的红，用健康、美丽来形容绝对不过分。美云的头发长，衣领却开得低，露出的那一段脖颈就特别长，又白，在日光灯下让人有一种欲吻的冲动。

秦歌写下上面这段文字时，心里酸酸的，这样的日子离开他们已经多久了？客厅的花已经移到阳台外边。那盆棕竹和君子兰枯死一年多了，只有玉树和铁树还在强撑着，靠了自然的光和自然的雨来维持生命。整个客厅死气沉沉的，沙发上有一层细细的灰尘。

都怪买回了电脑！秦歌想。当初是秦歌和女儿轮番上阵才攻开了美云的金口。电脑买回来了，女儿用得少，秦歌用得多，秦歌有理由啊——我要写东西。秦歌的东西写的没有成绩，秦歌的QQ功夫却了得。慢慢的，秦歌一进书房就不出来了。每天晚上都是一两点才睡，那时候，美云早睡了。秦歌一倒在床上浑身骨头就像散架了一样，眼睛困，身上困，连身子也不想翻一下。一觉醒来已是第二天的十点多了。

秦歌再看美云的时候，心里就一个字——俗！秦歌埋怨美云不看他写的东西，对他的失败和成功不闻不问。秦歌的心思就放到了网上。写了小说，写了诗就贴上去。他很在意那个网名叫"烟雨蒙蒙"的网友的看法和评论。

秦歌回到家的第一件事就是打开电脑，上QQ。"我在这儿等你，你知道吗？"大多时候，"烟雨蒙蒙"早上线了。离线的时候，她会留言"你好吗？我很好！"

这一个晚上，夜，已经很深了。秦歌揉了揉发困的双眼，看了看"烟雨蒙蒙"发过来的"886"关掉电脑，站起来伸伸腰，回到卧室。他忽然发现在梳妆台上有一盆文竹，可惜的是枝枝叶叶已经泛黄，正一丝丝地脱落。怎么就没注意这儿还有一盆花呢？是谁放的？是美云吗？她一直不管这些花花草草的。看到这盆没有生气的花，秦歌才想起好长好长时间没有打理屋子里的花了。秦歌走过去，闭着眼睛的美云脸盘子憔悴了，没有了往日的红润和生气。美云，你怎么瘦成这样了？秦歌心里想着，嘴里不由地说出了声。他的手在美云的脸上抚了一下，把扑在脸颊上的长发拢后去，那曾经飘逸的长发也涩涩的。美云的泪就涌出来，左眼的泪水越过鼻翼流进右眼，混合了右眼的泪水滴落在床上。

美云——美云——

秦歌洗了一把脸，在这个深更半夜里，把阳台外的花重新搬进客厅，他开始认真地给每一盆花浇水。那些沾了水汽的花儿又绿生生地舒展了腰肢。秦歌走进卧室，把那盆文竹捧在手上，轻轻地吹一口气，看着文竹在多情地摇曳，就笑了，说，我会好好珍惜你的。

强子和麦子的故事

强子拦住麦子说，今天碰到你了，一定要到我家去。

麦子说，不了。你看天色也不早了。太阳都落山了。这时候，天色忽然就暗下来。远处的村庄隐在黑色的夜幕里。近处的槐树张牙舞爪如鬼怪。

强子还是拦住麦子说，你真的不去吗？你也太狠心了！我们曾经相好了一场，你都忘记了吗？

麦子看看坐在自行车大梁上的女儿，强子，过去的事就不要说了。我要走了，孩子都快瞌睡了。女儿的眼睛眯着，昏昏欲睡的样子。下次吧，下次吧。

谁家的狗吠了两声。强子不见了。

强子是麦子的初中同学，三年里，有两年时间和麦子坐一张桌子。强子人长得细高白净，学习成绩一直是班上第一名，也就理所当然的是班长。这样呢，强子就成了班上女生心目中的白马王子。强子挂在桌边墙上的“红军不怕远征难”的军绿色帆布书包里就永远不缺了三核桃两枣，还有一捧花生和几颗硬硬的水果糖。但这些小么零碎都没有打动强子的心。强子喜欢和他坐一张桌子的麦子。麦子那次装疯卖傻地倒在他怀里的感觉像一枚钉子深深地嵌在强子的心尖尖上，痛并快乐着。

那个月光如水的夜晚，强子和麦子走在铺满农民收获的麦草的操场上。鼻子里满是从地里新割回的麦草的香气和操场边上核桃树涩涩的味道。强子很夸张地抽动鼻翼，对麦子说，好香啊，你！麦子的脸在月色里热热的。胡说，是麦子的香。话刚说完，自己倒笑了。我说的是操场上摊开的麦子的香。强子坏坏地笑，反正都是一样的，麦子的香。我再闻闻。说着话，强子的脸就凑近麦子的脸，他用鼻子闻麦子的头发，好香啊！麦子低了头说，刚刚用皂角粉洗了的。强子忽然就在麦子的左脸颊上亲了一口。麦子惊呆了。麦子的左手迅疾捂了她的左脸，她的眼里充满了屈辱和愤怒。麦子的右手毫不犹豫地甩在了强子的左脸上。在夏天有月光的夜里，麦子的右手为了捍卫少女的自尊在强子的左脸上留下五条深深的红红的指印。

强子又拦住了麦子。

麦子，你答应了我去我家的。

麦子看着强子眼里幽怨的神情，麦子说，这么多年了，你还记着我?

强子始终没有靠近麦子。强子说，我一个人。我很冷。我很孤独。

麦子说，你看我已经有家了。我已经有孩子了。

强子说，我就是想让你去我家看看，去我家坐坐。

麦子说，不了。你看天色也不早了。太阳都落山了。这时候，天色忽然就暗下来。远处的村庄隐在黑色的夜幕里。近处的槐树张牙舞爪如鬼怪。

强子还是拦住麦子说，你真的不去吗？你也太狠心了！我们曾经相好了一场，你都忘记了吗?

麦子看看坐在自行车大梁上的女儿，强子，过去的事就不要说了。我要走，孩子都快瞌睡了。女儿的眼睛眯着，昏昏欲睡的样子。下次吧，下次吧。

谁家的狗吠了两声。强子不见了。

麦子回娘家时，在那个和强子相遇的路口碰到一个正扛了锄从地里回来往村庄走的妇女。麦子就问，婶，我向你打听一下，强子的家在哪儿?

那妇女很惊讶地看着麦子，眼里是怪怪的神色。

麦子又说，婶，我是他的初中同学。我们还是同桌哩。

妇女摇摇头，又点点头。喏。在前面村里。从西往东数，第三家。三间土房。

麦子没有去。看看天色不早，又看看坐在自行车大梁上的女儿，麦子想，下次吧。下次专门去看看强子。

麦子还没有走到100米，就遇到了初中女同学凤儿。麦子就和凤儿拉开了家常。凤儿说，好长时间不见了。

麦子说，是啊。我初中毕业就回家了。你们上了高中啊。

凤儿说，上了高中也是白上。白白耽搁了三年时间。人家没上高中的同学都挣好多钱了。

麦子忽然问凤儿，强子呢？强子过得好吗？

凤儿很惊讶地看着麦子，眼里是怪怪的神色。

怎么？你不知道！强子已经不在人世了。

麦子的头“嗡”的一声，就是一片空白。好一会儿，她才回过神来。凤儿看见麦子的脸色一下子煞白，知道不好，就扶了麦子的车子，麦子，麦子，你怎么了？

麦子回过神来，就把她两次梦见强子的事给凤儿原原本本地说了。凤儿也是唏嘘不已。凤儿告诉麦子，强子高中毕业，差五分没有上本科线。补考一年，考上了，家里却没有钱供他上大学。强子回家后，就变得少言寡语。到后来，眼看三十岁的人了，连媳妇都没说下，有一天就上吊走了。

麦子的心颤颤的。麦子的心也慌慌的。

凤儿说，麦子，强子的坟就在路边的坡地上。他一定是看见你了，才给你托梦的。不要怕。我们是朋友。他不会害你的。回家在十字路口给他烧些纸钱吧。他在那边也怪可怜的。

麦子回到家的第一件事，就是去商店买了厚厚一刀火纸。麦子在火纸上写了强子的名字。麦子在烧纸时，告诉强子，过去的就让它过去吧。在那边好好的。

麦子的眼里就有了泪。麦子的心酸酸的。

麦子再也没有见到强子了。

麦子说，我其实还怪想强子的。

下辈子不能在一起

金凤嫁给明宇的时候，金凤五十五岁，明宇五十八岁。把他俩撮合到一起的是紫霞。

金凤的男人在世时是一个很有本事的男人。白手起家，山里山外地跑，终于在县城拥有了一家专卖店，首付十万购置了一百四十多个平方的期房。男人也是个好男人，对金凤体贴、关爱，风里雨里都是自己一个人在外奔波。金凤呢，两个女儿，一个儿子，就够她忙的了。男人常常在夜深人静的时候拥了金凤说，我会让你幸福的，我会让你过上和城里女人一样的生活。

紫霞就常常说她，金凤，你这是饱汉不知饿汉饥，身在福中不知福啊。你男人不抽烟不喝酒不打麻将，能挣钱又顾家还疼你，这是打着灯笼都难找的好男人啊。也是你上辈子修来的福。你呀，别不知足！金凤的脸上就荡起一层笑意。是啊，我是应该知足。

知足了的金凤其实也是个好妻子，上得厅堂，下得厨房，帮男人经营店面的生意是一把好手，做出的饭菜总能赢来男人和孩子的啧啧称赞。

阳春三月，一家人开了车去离县城百里之外的瓮沟游玩，也有欢声，也有笑语；也有情趣，也有温馨……金凤以为她这辈子就会这样幸福地生活下去，命运偏偏和她开了一个天大的玩笑。男人在大女儿出嫁后的第二年撒手离她而去——男人是肝癌晚期，发现的时候就回天乏术了。病因就一个字——累。

男人下葬的时候，金凤的眼里已没有了泪水，金凤整整伺候病榻上的男人七个月，从县城到西安，又从西安到县城。男人对金凤说，不用花冤枉钱了，留着，给你和孩子花吧！金凤就流泪，金凤的泪水在这七个月里，在背过男人的时候就流干了。

第二年，就有人给金凤找老伴了。金凤摇头，第三年，又有人给金凤说，两个孩子上大学，难啊！找个老伴吧，也有个帮手。你有个头疼脑热的也有个照应啊。金凤还是摇头。

这时候，明宇出现了。那是在一次同学聚会上，紫霞在花灯初上时硬拉了金凤，说，别总把自己关在房子里。三年了，还不能从阴影里走出来吗？柳林山庄，咱们同学聚会呢。

青砖、青瓦，正房、厦子，楼门、院墙，火罐罐灯笼。院子里的一树繁花在灯影里也掩不住她的洁白，那是带雨的梨花；墙角的那枝粉红色的花开得正艳，那是桃花。金凤的心情一下子好起来，像这三月里春夜的风柔柔的。是金凤吗？金凤一抬头，站在她面前的就是明宇。多少年了？第一眼还能彼此认出，金凤的心竟然突突地跳起来。五十多岁的人了，脸上竟热热的，发烧的感觉。紫霞在旁边说，瞧，咱们班的才子佳人又见面了。周围就响起了很响的笑声，大家竟拍起手掌来。

明宇还是那么硬朗，那么英俊，那么潇洒。金凤看着明宇伸出的手，把自己的右手也伸出去，金凤分明感觉到了明宇握她手时自己手的颤动。

明宇是在高二时从县城转到金凤所在的镇上中学的。金凤是班上的文体委员，人长得漂亮，歌也唱得好，舞也跳得棒。明宇的学习成绩总是在班上遥遥领先。金凤记得很清楚，她的抽屉里的书中，她的书包里的文具盒里常常有笔迹不同的求爱信，而高三时收得最多的是明宇的。后来，明宇考上了大学，金凤在父母的坚持下谈婚论嫁了。平平常常的生活中，金凤总有一种莫名的期待和憧憬，冥冥之中，难道一直在等他吗？

饭局上，推杯换盏之间，紫霞伏在金凤耳根说，再续前缘吧，明宇如今也是一个人啊。金凤的脸就一热，偷眼看了对面的明宇，谁知他也正在看自己，就匆匆低了头，喝一口红葡萄酒掩饰过去，紫霞，别胡说啊。

那年金秋，仍然是这柳林山庄，金凤和明宇结婚了。

不事张扬的酒席上，金凤上大二的女儿举起酒杯，那漂亮的高脚杯里是血样的红酒，女儿祝妈妈晚年幸福！那个“爸爸”二字始终没有说出口。明宇的儿子倒是喊了“妈妈”，那样勉强，那样毫无色彩。

金凤到这时候才知道自己心里还放着明宇啊。和明宇在一起，她的心不再是湖，而是河、是江、是大海，始终有一种涌动的感觉。金凤过生日的那天，明宇还写了一首诗给她。明宇说，你知道吗？当我知道你结婚后，我痛哭了一个晚上。毕业后，我就远离父母到海南去了，这一去就是三十多年啊。我没想到今生还能和你在一起，这是上天在怜悯我们啊。

金凤伏在明宇的肩膀上嘤嘤地哭了。

砚川河畔，云燕楼下总会看到明宇和金凤手挽着手在散步；春天的姹紫嫣红，秋天的硕果累累，总会见到金凤和明宇指指点点的身影。

时间过得可真快啊，一转眼，三年又过去了。身板硬朗朗的明宇有一天突发疾病，送到医院就没救了，原来是突发性脑溢血。

看着明宇的儿女们把明宇送进他们母亲墓室的另一侧，金凤的心"咔嗒"一下，像是被什么重物狠狠地砸了一下。

明宇的女儿开始整理、搬走明宇的东西。金凤说，把那个相框给我留下吧。

明宇的女儿说，没必要了，他是要和我母亲的放一块的。

金凤的女儿就说，有啥稀罕的！我妈白白伺候了你爸三年！

明宇的女儿头也没抬，伺候？是我爸白白养活了你妈三年！

金凤的头嗡的一声就大了，天旋地转……

妈——妈——

金凤的木棺最后也送进了孩子他爸的双筒墓。

这是陕南山里的风俗。

看电影

柏塬今晚上放电影的消息是我回家告诉大哥的，但大哥却不让我去看电影，准确地说是他不想带我去看电影，他的理由是，柏塬太远了，有十多里的山路。我说我能走动，我不会拖累你的。大哥还是不答应。

那一年，我十岁。

天黑下来，大哥就收工回家了。大哥对母亲说，我去柏塬看电影啊。大哥说完这句话，就穿了草绿色军便服，戴了那顶姐夫从部队上给他带回来的单军帽，雄赳赳气昂昂地出门了。我像电影里的小兵张嘎跟踪鬼子一样跟踪了大哥。大哥其实不是一个人去看电影，他喊了隔壁的三喜，三喜喊了四宝，四宝又喊了五奎……出了村子，走在庙沟的梁上，月亮就在头顶跟着我们走。我和邻村的芳姐走在一起，芳姐拉了我的手，大哥看见我就没有话说了。和芳姐走在一起的感觉真好，芳姐的手好绵好热，芳姐说出的话也带着香气和甜味。芳姐说，今天晚上是啥电影啊？我说，我问引泉了，说是两场，《智取威虎山》，《奇袭白虎团》的。芳姐说好，和芳姐走在一起的梅姐也说好。

月光下，只能看见远处黑的树和近处白的草，草是整片的龙须草，踏上去，软绵绵的。脚下的路高低不平，不时有碎石子滚来滚去。远处传来狐子的哭声和狼的嗥叫。芳姐就攥紧了我的手，说，不怕，有我呢。我就在心里埋怨大哥还不如芳姐。芳姐问我，你哥不是说要去学校教书了吗？我说，他想去当兵呢，兵没有当上，倒把教书的事给耽搁了。芳姐就不言语。

我只听见大哥和三喜、四宝他们说脸红什么？精神焕发……老九不能走……一会儿几个人喊着嗓子唱雄赳赳气昂昂跨过鸭绿江……芳姐笑得合不拢嘴，说这几个人真是草包了。快走快走，要不赶到柏塬电影都要结束了。大哥回过头说，那我们就看一场“英雄白杠腿”。一路的人都哈哈大笑起来。

走了几个山梁，拐了几个山弯，终于看见柏塬了，却没有听到演电影的声音。几个人就迷惑，把目光投向大哥，大哥把目光投向我，说，正娃回家说的，说他在河里割草看见放电影的引泉了。引泉自行车后带着电影片子，他看见是《智取威虎山》和《奇袭白虎团》，他就问引泉，今晚给哪放电影？引泉说柏塬。几个人就说，走走走，撵到场上再说。到了柏塬的场上，场北面的戏楼上黑灯搭火，场院里却有不少人聚了几个堆在瞎谝。我们知道这些人也都是不知从哪听到今晚这里有电影就赶来的。场边的碌碡上站了一个小伙子，站又站不稳，弯要伸背的，打着口哨，吸引来看电影的姑娘的目光。

芳姐说讨厌！梅姐说流氓！

我们几个人就站在一边说起了闲话。大哥说，我去解个手。三喜说我也去。等我们几个说的热火朝天时，才忽然发现芳姐和梅姐也不见了。五奎就说，你哥和三喜肯定是给咱们偷萝卜去了。现在的萝卜正好吃呢。四宝就坏笑，芳芳和梅梅一定是尿去了。周围的人就嘎嘎地笑。五奎说，喊一下，咱们回吧。月亮都快落了。抬起头，月亮果然滑到西边山顶了。

我刚要扯开喉咙喊大哥，却听到戏楼东北角有人嚷嚷闹闹过来了，几束手电光像电影里敌人的照探灯一样四处乱照。戏楼上的灯泡亮了，原来是五六个背着长枪的民兵推搡着几个人上了戏台。那个自称民兵连长的人扯开嗓子喊，今晚的电影因故取消了，但我们看到一场更精彩的电影。刚才这两对狗男女溜进我们大队的苹果园，搞流氓活动，严重地破坏了农业学大寨的运动……

我们几个都瞪大了眼睛，戏台上那两对五花大绑的人就是我大哥和芳姐，三喜和梅姐啊！

从此以后，我们再也没有去外边看过电影了。

账房先生

吴先生退休的时候，还不到规定年龄，只有五十五岁，为了高中毕业的儿子顶班端上铁饭碗，吴先生就提前办了退休手续。退休了的吴先生没事干，正好生产队的会计不干了，队长就请吴先生当会计。吴先生在单位就管财务，一把算盘打得滴水不漏，人称“铁算盘”。干一个生产队的会计那是绰绰有余。

十年后，人上了年纪就不干了。百十号人的村子里，谁家有了红白喜事，就请吴先生去当账房先生。吴先生也不推辞，就梳了头，是他们那个时代伟人的大背头，梳得一丝不苟。刮了胡须，净了面，戴上棕色的宽边眼镜，腋下夹了那把框儿、珠儿磨得油光锃亮的算盘就去了。

吴先生的账面做得细，来客官号下还要注上小名，烟是啥烟，酒是啥酒，布是几尺，面是几把，银是多少，一一列举，绝不含糊。到了晚上，主人和账房先生坐一块儿，四个凉菜，四个热菜，两壶酒，边喝边交账。吴先生的双手在算盘上就像现时年轻人在键盘上打字一样，噼里啪啦，账面就一清二楚了。总共收了多少烟多少酒，拿出待客多少烟多少酒，还剩多少烟多少酒；实收现银多少，谁谁支用了多少，还余多少。左手握钱，嘴里往右手大拇指吐了唾沫，就哗哗地数，一块一毛不差地交给主人。

主人就很满意，执意再敬两杯酒，又喊女人再敬先生两杯，儿子，儿媳各敬先生两杯酒。吴先生就醉了，说：“不喝了，不喝了，再喝就真醉了，再喝就回不去了……”

正因为吴先生的认真、仔细，村里人都非常相信他，不论亲疏，过事必要请先生去管账房。

这年正月，村长的儿子结婚，吴先生自然责无旁贷的是账房先生。忙了一天，晚上给村长、村长老婆把账目交代清楚后，吴先生就微微醉着，感觉很好地回家了。村长躺在床上，一时三刻睡不着，就拿着礼单从头到尾看起来。看着看着，村长的脸色就不对了。问老婆："你晌午看到老贾了么？"

老婆说："咋没看到？他不是还给你戴高帽子了吗？"

老贾是村上的支书，是村长的老搭档了，两人共事快十年了。

村长就说："这就怪了！"

老婆问："咋了？"

村长说："没啥。你睡吧。"

村长在礼单上没有见到老贾的名字，按说老贾上礼最少是100元的。那些村民小组的组长上礼都是100元，村里稍微能拿出手的人上的礼都是50元。可咋就没见老贾的名字呢？村长又翻看了一遍礼单，还是没有。老贾绝对不会不上礼的，唯一的解释就是账房先生做了手脚。村长想到这儿，又问老婆："咱没得罪老贾吧？"

老婆说："咋会呢！老贾女儿出嫁时，咱不是上了100元的礼吗？"

村长就重重地点了点头。老婆说，"有啥不对劲的。"

村长就把心里的事对老婆一五一十地说了，又叮咛千万别说出去。

这事到底还是说出去了。账房先生是最后一个知道的。知道了，就气地病倒了。对老伴说，你那天看到老贾进账房了吗？老伴说，我倒是听到老贾的儿子给人说我要去上账了，就去了账房。吴先生就长叹，我老糊涂了。

吴先生睡了十天，人也瘦了许多。胡子拉碴的。头发也乱得一团糟。也不洗不梳，从墙上取下算盘摔得粉碎。只说了一句："一世的清名啊……"就不再言语。踉踉跄跄到了村长家，从口袋掏出100元钱给村长，说，我咋就老糊涂了？

村长忙扶账房先生坐下，说，您老这话咋讲？

"我给你管账房，少给你交100元钱……"

村长说，您听谁说啥了？老贾的儿子是去账房了，不过他去时您不在，他又出来了，刚好有人找他有事把他拉走了。他这一走，就把上礼的事给忘了。都四五天了，洗衣服从内衣口袋掏出100元钱，才想起那天忘了上礼。正在这时，老贾也找村长来了，就说，是啊，都怪那个小王八羔子！

账房先生一下子怔在了那里。

儿子在单位也管财务，一手算盘得父亲亲传，打得潇洒自如，人称“算盘精”。礼拜天回家看到父亲瘦了一圈，就问咋回事？母亲把这事原原本本说了。儿子说：“啥子事吗！我的账上几万元都填不平呢，还不是恁大个事！我爸也真是，100 元钱就把算盘摔了？”

母亲说：“你哪能和你爸比啊？”

爷孙卖药

葫芦峪里藏着四个自然村，两千多户人家。峪口正对了省道商洛路。从峪口往西是去洛城，往东可去商州。葫芦峪的人祖祖辈辈要上洛城，下商州，就要从深深的葫芦里走出来，走出峪口，才能去城里逛世界。

改革开放后，农民有钱了，第一件事是吃饱，吃饱了干的第二件事就是盖房子。顺理成章的，峪口就成了木料交易市场。山里人掮一根檩，几根椽就能换回买小麦、苞谷的钱。塬上的人粜了粮食就能买到盖房的木料，盖了四间大瓦房，儿子就能说下媳妇啊。

市场形成了，就有了市场的规模。沿着顺峪而下的小河两岸，盖起了简易房，在房的周围又搭起了各色各样的简易棚。商店、饭店、药铺，就连村上的信用社、代销店、初级小学都迁来了。在这个自然形成的小集市上，最让葫芦峪人放不下也离不了的是位于集东头的药铺了。

三间土木结构的低矮瓦房，东边一间是老中医，人称“董三付”，七十多岁，终年穿着对襟中式衣衫，留着五寸长的胡须，不黑不白，整个一个灰青色。瘦瘦的身板硬朗朗的。双眼炯炯有神。他要直视你一分钟，你就不由得低下了头。山里人身子骨没那么娇气，有个头疼脑热，在他这儿，三付药就没事了，回家照样砍柴挖地。西边房里住的是老中医的孙子。孙子卫校毕业后，没有安排，就自己开了一家诊所。人们都叫他“小董医生”。孙子学的是西医。孙子总对爷爷说，您的中医不行了，我的西医治病快，又简单方便。来了病人，在爷爷这儿看了，爷爷给包了三付草药，用麻线绑了，说，记住，一付药熬三次，三次混合，分三次喝下，三天准好！人一走，孙子就笑爷爷，那病还要三天啊，我一天就让它好了。又有病人去孙子那儿看了，孙子先给量了体温，又用听诊器在病人的前胸这儿按按，那儿按按，就打一针，开两天的西药片子，说，没事，两天就好了。病人还没走，爷爷就咳嗽，那脸上的表情是不屑一顾。

慢慢地，到孙子那儿看病的人多了，原因是孙子那儿看病花钱少，见效快。到爷爷这儿看病的人多是些老年人，他们相信中药能剜根。孙子对爷爷说，你的三付药老是十元钱，我两天的药才是五元。爷爷说，你那能治病吗？孙子说，两天不得好，他自己就来了，再看，再开药啊。你一下子给他开十几块钱的药，他总是嫌贵嘛。这就是做生意的诀窍，您老不懂啊。爷爷就摇头。

那一年，从商州、洛城传来一个消息，说是全国出现了一种流行病，叫“非典”。死人无数，国家暂时还不能根治。据说都传到一岭之隔的华阳了。州里、县里的板蓝根冲剂价格一涨再涨，并且货是供不应求。孙子连夜就去了州里，四处托人购了大量的板蓝根冲剂。第二天却不卖，又去洛城想办法弄了一批压在药房。过了不到一个礼拜，风声更紧了，谁家有人一咳嗽，就怀疑是“非典”，就赶紧要量体温，送医院。从州里、县里回来的人都知道了要喝板蓝根能预防这种病。就有人来问孙子，孙子说，是啊！现在只有这板蓝根才能救命啊。来人就要买。孙子先说，货不多，然后就说药贵了。来人说，药贵还有钱贵？孙子说，确实贵了。来人说，多少钱？孙子说，十八元。来人说，那么贵啊？原来才六元嘛。孙子说，就这还没货。过几天说不定卖二十呢。

那人狠狠心买了两包走了。葫芦峪的人知道板蓝根能治这种谈“非”色变的病，知道小董医生这儿有，就揣了买衣服、孩子上学的钱来买药。小董医生看着涌到门口的人群，心里乐开了花。一包二十元。有人就喊，早上不是十八元吗？小董医生说，涨价了。就不再说话。人们在钱与命之间，还是觉得命比钱值钱。买！

小董医生晚上在席梦思床上把钞票数得哗哗响，睡梦里都笑出了声。在东边的房子里，老中医却唉声叹气。在房中走了一晚上，头摇了一晚上。

小董医生睡到日头一竹竿高了，才起来准备迎接又一个挣钱的日子。他开了门，门外没有了早早等着买板蓝根冲剂的人。在爷爷那边的场院里，爷爷用三块大青石支了一口大铁锅，锅里红通通的液体翻滚着。爷爷正用大铁勺给周围的人碗里盛液体。

他这才看到，在铁锅前面，竖着一块黑板，上面是爷爷的苍劲手书——板蓝根汤。一毛一碗。

一　生

洛州城以西三十里偏南有一个村子叫黄塬。村子最东边住着两户人家。一户姓黄，三间土房带着一个院落，有楼门，坐东向西；一户姓王，背靠了黄姓房子的山墙盖了三间低矮的土房子，面朝南，门前有一棵苦李子树。

黄家和王家的明争暗斗一生都没有停止过。

先是黄家占了上坡头。黄家的房子虽说是土木结构，但盖的高大、宽敞，并且有一个院落。院落里有一个乡村里很少见到的花圃。花圃是用青砖斜着围成的，青砖的角一溜儿排开去，像木匠手中的锯子。花圃里到夏天了，就有很密的草和很艳的花，更让黄家引以自豪的是花圃里长有胳膊粗细的一棵梨树。春天有“梨花带雨”的雅致景象，秋天有“硕果累累”的丰收喜悦。而王家虽说也是土房，但明显的低了、矮了。更让人难以接受的是，院子里的那棵树，细、高、瘦，还有一个不好听的名字——苦李子树。

命运的改变是这样的。那年冬天，黄家媳妇生了，是一个女孩。王家悬着的一颗心放下了一半。到了第二年春上，王家媳妇趴在炕沿上吭哧了大半晌子，在煤油灯下，终于看到一个带把的“讨债鬼”，心里一放松、一高兴，头就一歪，整整睡死过去一天一夜才醒来。满屋里充满着胜利者的欢声笑语。

女孩名叫淑玲，男孩名叫铁锤。

淑玲在全学校200多名学生里头，她的衣服是最鲜亮的。淑玲的脸盘子是一个典型的南瓜子，白净，俊俏。尤其是身后梳得油光闪亮的辫子走到哪儿都吸引一大片眼珠子。铁锤就没有这么幸运了。冬天那一身黑棉袄的袖口总会露出灰白的棉絮，春天里抽出棉絮就是夹袄，夏天去掉里子就是单衣。让铁锤父母自豪的是铁锤过年的时候总能领回两边是红旗的奖状。小小土屋的当堂子领袖像两边贴满了儿子从一年级到五年级的三好学生的奖状。那是王家给亲戚炫耀的唯一资本。淑玲那次考试回来交给母亲的卷子上是一个红色的鸡蛋，下面是一双红色的筷子。淑玲本来是准备挨母亲的骂的，但母亲接过来仔细看了，拍拍淑玲的头说，好！妈就给我娃炒鸡蛋吃！淑玲没有哭，心里却酸酸的。

那一年，铁锤初中毕业，因为他父亲是贫协主任，大队就推荐他去了西边山里的国营厂子当工人。一身粗布工作服，紧袖口儿，崭新崭新，把个十七八岁的小伙子穿得精精神神。尤其是胸前的那枝大红花，把小伙子的脸都映红了。铁锤的父母脸上的笑就收拢不住，父亲手里的羊群烟就一根一根地出去，眼光就乜斜了隔壁的楼门，嗓门也大了，还是养儿子好啊！能顶门，能立户！

淑玲的命好，那个收获玉米、大豆的季节，嫁给了一位在县上工作的男人。男人在供销社上班。淑玲的家里就不缺了红糖、也不缺了布证，煤油也比一般人用得大方。更让淑玲高兴和有脸面的是有漂亮、时兴的料子做衣服穿。不久，通过男人的关系，淑玲进了村上的小学教书。淑玲教的是一年级。淑玲的脾气好，声音也好听，人也长得漂亮，学生娃就爱听她的课。淑玲教出来的学生在全公社考试中就拿了第一名。

时间到了上世纪末，铁锤已是工厂里车队的队长了。妻子、女儿都在工厂上班，在厂里也有了房子。但铁锤父亲对铁锤说，儿啊，你母亲不在了，我也老了。我不求你别的，只求你能在我闭眼之前看看咱也有一座带院墙的房子。铁锤说，爸，我明白您的意思。这简单，我一个月搞定。铁锤就动用车队的车拉回了砖、沙子、水泥、钢筋等，叫了工队，真的不到一个月，一座带院墙的二层楼房就盖起来了。

淑玲的丈夫这时候已是地区商业局的局长。淑玲一路跟进，也由民办教师到公办教师到学校校长到县幼儿园园长到地区幼儿园党委书记。过年回家看见了隔壁铁锤家气势恢弘的楼房，淑玲心里就“通”的一下，进门看见母亲失意、落寞的脸色，就在心里暗暗下了一个决心。开年春上，在铁锤楼房的隔壁，又一座楼房起来了，比铁锤的还高出两厘米。

没过两年，山里的四个国营厂子全部搬到三百里外的西安电子城。铁锤的父亲也病故了。铁锤带院墙的房子就懒得装修。妻子、女儿都去了西安谁还回家来住啊。那座房子还要掏200元一年雇人看门。淑玲呢，母亲也老了，就接到州城里住。家里盖的房子当然大，却也愿意住在城里鸽笼一样的家属楼里。

那年春天，淑玲独自一人回了趟老家。站在高高大大的楼房前，淑玲的脑子里一片空白。这时候，铁锤从隔壁的房中走出来，四目就相对了。淑玲的心就乱乱的。铁锤犹豫了一秒钟吧，终于走到淑玲面前，铁锤的手伸出来，又尴尬地收回去。

看着头发已变成灰色的淑玲，铁锤说了一句话，何必呢?

淑玲的眼泪就不听话地流下来，过去了，还提它做什么!

两座孤零零的房子，两个孤零零的人。

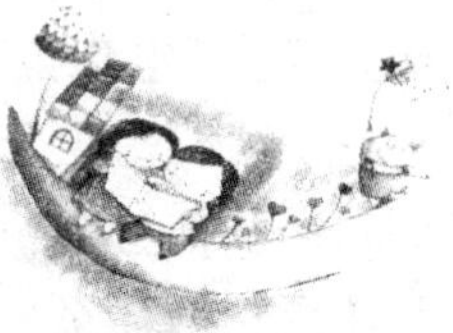

一里一里的阳光

少年抬起头，太阳正从屋后的山岔岔里窜上来，红彤彤的脸盘子有奶奶和面的盆那样大。一缕一缕的阳光金灿灿地从那些柏树啊、松树的缝隙里射出来，照在院坝的石碾上，照在房前屋后的竹篱笆上。

少年眯了眼，望了太阳一眼，义无返顾地扛了屋檐下靠着的那根一丈长，两扎粗的松木椽——那是昨天下午从屋后自留山上放倒的。少年的心里有一个秘密，他没有告诉奶奶，也没有告诉任何人。

少年穿一件草绿色军便服，蓝咔叽布裤子膝盖和屁股都打了四个圆圆的补丁——那是奶奶的杰作。少年的脚上是露出两个大脚拇趾的手工布鞋——那是奶奶在煤油灯下一针一线缝制的。少年的母亲在少年三岁时就离开他去到另一个世界，父亲在百十里外的乡村中学教书，少年和奶奶相依为命。少年肩上那根椽起先并不是很重，那根椽刚刚放到少年肩上时，少年竟然在心里笑了，笑意不易察觉地漾到了嘴唇，我完全能扛动嘛，奶奶也是，竟说我扛不动的。

少年走了一里地，过了清冽冽的小河，那柔柔的水从小腿上滑过的感觉像被小鱼的嘴啃了一下，痒痒的，很舒服。少年抬头看了一下太阳，太阳离开山顶也一里地了。少年在心里说，太阳公公和我赛跑呢。阳光照在少年的身上，少年的浑身就暖暖的、热热的，少年觉得肩上的椽也热了，也沉了，就往前把身子一倾，随势把椽堆在地下，两手扶了，靠在肩膀上歇了脚。就这样，少年走一里地，就歇一次脚，走一里地，就抬头看一眼太阳，走一里地，阳光就在少年的额头上、脊梁上涂上湿漉漉的汗水。

少年和他的椽终于走到了离家十里的河口。河口是东河和西河的交汇处。两股清凉凉的河水在这儿汇合后又不知疲倦地随山跟蜿蜒向东，翻着波浪流五里地汇入丹江河的支流古月河。河口是山和塬的交界。塬上的人要盖房子就到这儿来买檩、买椽；山里的人要把木料换成粮食就要把椽啊檩啊等木料看扛到这儿来卖。这样河口就成了自发的木料市场。少年的椽买主给一块钱。少年在心里算了不知几遍账，知道这一元钱实现不了他的梦，少年就很沮丧。一个好心的买主对少年说，孩子，你如果再走十里，上了药籽岭，这根椽就能卖到一块两毛钱！少年冲那个人笑了笑，说，叔，你是个好人！

少年咬了咬牙，扛起越来越重的椽又上路了。这时候，太阳正上了头顶，阳光端端正正地从头上泻下来，少年浑身热，少年的心里却亮。少年走在哗哗流动的河水边，心里也像这小河的流水一样欢快和幸福。

一里一里的阳光，小河感觉到了，金色的阳光在水面上一闪一闪，随着小河前往大河大江大海奔去；金色的阳光也洒在少年的身上，少年甩开袖子抹了一把头上的汗，抖落了阳光的珠子。少年又走了十里，上了药籽岭，少年累的一屁股坐在岭上的石头上。少年去农渠里喝饱了黄亮亮带着初夏泥土气息的水。那根椽果然多卖了两毛钱。少年把一块二毛钱攥在手心里，嗷嗷地叫，向着远方的大山。那是喊给奶奶听的。我赢了！

少年又抬头看了看天。天是那样的蓝，蓝蓝的天上飘着小绵羊一样的白云。少年这回没看阳光，知道阳光还在他身上取暖。少年不理它，径直去了十五里外的镇上。少年走进供销社，少年走到放着小人书的柜台，少年早想得到《地道战》《地雷战》《平原游击队》《小兵张嘎》等小人书了。少年把钱递给售货员，少年说出了小人书的名字。售货员抱歉地说，刚刚卖完。少的眼泪就不争气地涌出来。少年说我是扛了一根椽走了三十五里地来买书的。少年的身旁站着一个大姐姐，她的手中正拿着那几本少年梦寐以求的书。少年的眼里就充满惋惜和渴望。那个大姐姐看到少年的眼神，说，小弟弟，这是我给我的小弟买的，你先拿着吧。我明天再买。少年说，大姐姐，谢谢你，你可真是个好人呐！

现在，少年的手里还有一角钱，少年走到烧馍炉子前，他要买两个烧饼，那是给奶奶的。

少年走在回家的路上，西斜的阳光一里一里地送着少年往回走。少年的腰杆挺得笔直，像个得胜的将军。少年往前跑了一里地，在路上挖了一个坑，埋了一个圆溜溜的石头，少年喊地雷战开始了；少年从路边折了两个树枝，很像手枪，少年很威风地左右开弓，大喊，李向阳来了……

1983 年的阳光，一里一里地照在少年的肩上，少年的肩从此硬硬的，从北方到南方，一里一里的阳光照在他的肩上。少年就成长成一个成功的商人，他常常给他的员工讲这个一里一里的阳光的故事。他说，成功其实很简单——那就是行动！快乐地行动！

一碗羊肉泡

男人和女人相遇在上世纪90年代初汉江边上的一个小镇上。男人二十多岁，是那种刚刚结婚，意气风发的样子。男人是和村里的伙伴搭帮远离家乡来这里做小本生意的。在这种前面饭店后边旅社的小客店里，男人和女人相遇了，在饭桌上。

男人要的是一碗羊肉泡馍，女人吃的是稀饭大饼。起先谁也没有注意谁，吃着，吃着，女人就看了男人一眼，男人的第六感觉就感觉到了，就送过去一个善意的笑。女人就涨红了脸，低了头。男人讨了没趣，又低头吃饭，不大一会儿，男人觉得女人又送过来了一片温柔的目光，男人猛地抬起头，男人和女人的目光就交织在一起了，再也没有分开。女人的眼里喷出的是火，是那种干柴遇烈火的火；女人的眼里是雨，是那种久旱逢甘霖的雨。男人知道他要和这个女人发生一段故事了，男人的心里好似有二十五只猫抓，乱乱的。男人撂下饭碗就往后边走，女人就跟上来了。

关门。男人一下子就抱了女人放到床上，手忙脚乱地解女人的裤带，女人的裤带是一条红丝巾，绑着死结。男人费了好大功夫才弄开，女人的内裤是那种桃花样的粉红色，在雪白、透着荧光的皮肤的衬托下，更给人一种极大的冲击力。男人迫不及待地上了女人的床，天摇地动，翻江倒海，昏天黑地，不辨东西。女人似三伏天的柴，久旱的土地，热烈的、温柔的、自由自在的、随心所欲的。男人的背被女人箍着，女人的头被男人搂着，男人和女人走到了天边，又慢慢地走了回来。女人安详地闭着眼，满足的表情挂满一脸。男人说：起来吧！

女人就睁开眼，望着男人，说，求你，给我擦一下，再帮我穿好裤子。

男人就照着办了。

女人又说，让我再好好看看你！

男人说，要多少钱？

女人说，谁要你钱！

男人一脸的惊讶。

女人说，请我吃一顿羊肉泡吧！

饭桌上，女人坐在男人的身边，有滋有味地吃着羊肉泡馍，不时拿眼睛瞟着男人，女人的眼里满是幸福。

男人看着女人吃得高兴，终于忍不住问：为什么？

女人说，不为什么。

男人说，我不相信。

女人说，我男人不行，我公婆又要孙子，我又要脸面……

男人不知道女人叫什么名字，女人不说。女人也不知道男人叫什么，女人没问。

多年以后，男人想起女人，心里就酸酸的。

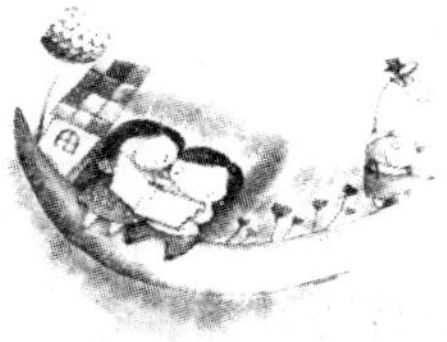

欲望树

在烟波浩渺的东海上，有一个小岛。岛上绿树婆娑，鸟语花香。住在这个岛上的居民和外界完全隔绝。他们幸福地生活着，没有烦恼、没有忧愁。

居住在这个岛上的人年龄是倒着计算的，从一出生就是100岁，然后随着时间的推移而递减。在这个岛的中心，生长着一棵说不上年龄的大树。岛志上载“古树高约20米，覆盖面积达一亩之多，树身粗十米之余，五六个人手拉手才能合抱。树身曲曲扭扭向上，柏身而柿首。”在这个树身像极了柏树的树上却长满了柿树一样的叶子。岛上的人叫这棵树——欲望树！只要从树上摘下一片叶子，说出一个心愿，他的愿望就会实现。可是谁也不知道在他的欲望实现的同时他的年龄也随着递减。欲望愈大，年龄递减愈多。

这个岛上的人很幸福地生活着，他们的欲望太容易实现了。他们把这个岛叫——幸福岛！100岁的人是个婴儿，90岁的人是儿童。80岁的人是青年。他们多幸福啊——要什么只要从那个树上摘一片叶子，再对着树说一声就行了。

唯一遗憾的是这个岛上的人生命太短暂了，岛上的老年人太多，老龄化问题严重困扰着岛主，一个20岁的老年人。

岛主还不是岛主的时候，80岁那年，看到20岁的岛主很威风，很潇洒。还不是岛主的岛主就在一个青石板上挂银灯的夜晚，在一个蛙声如浪的夜晚，在那个满树红叶的树下，轻轻地对欲望树说，神，我的神树啊。我有一个天大的愿望，不知您是否能让我实现？欲望树说，小伙子，说吧！你既然走到欲望树下，就没有实现不了的欲望。可你要记住，实现一个欲望，你的年龄就要减去很多岁！不是岛主的岛主说，我要当这个岛上的岛主！于是，他从树上摘下一片血色的叶子。他刚把叶子拿在手上，他的脚下已跪下一大片岛上的居民。那个原先的岛主也跪在他的脚下，用舌头舔他的脚趾，一边说，我尊贵的王啊，让我做牛做马伺候你！他的脸上是如释重负的笑。

可是这个当上岛主的人马上就后悔了。也一下子明白了先任岛主趴在他脚下笑的内容。因为他发现自己一下子成了一个20岁的老人。

有一个年轻人爱上了岛上最漂亮的姑娘。姑娘长得比月宫里的嫦娥还美丽，比西施还让鱼儿艳羡，比昭君还让大雁忘了飞翔。年轻人想追求姑娘，他去跟欲望树说了，欲望树告诉他，要有很多金子。年轻人就从树上摘下一片树叶说，我要很多金子，他就拥有了很多金子；年轻人不再年轻了。欲望树说，还要有一座宫殿，中年人就从树上摘下一片叶子说，我要一座金碧辉煌的宫殿，他就拥有了宫殿；欲望树说，这下你可以娶那位美丽的姑娘了。这人就从欲望树上摘下一片叶子说，我要娶岛上最美丽的姑娘，他就在宫殿里迎娶了美丽的新娘。看着满屋黄亮亮的金子，身边娇羞迷人的妻子，这个人却高兴不起来，因为他已是走路也要妻子搀扶，长须飘飘的老人了。

岛主召开岛上的臣民开会，说了欲望树是一个陷阱。劝告人民不要再去向欲望树要愿望了。可是没有一个人听他的。人们的欲望还是很强烈，很难满足。这个岛上的人的寿命就永远是短寿。

这一天，从海外漂来一只船，从船上下来一行人。他们发现了这棵柏身柿冠的树，就很惊奇，就围着它转，围着它拍照。他们问岛上的人这是一棵什么树？岛上的人不愿告诉外人这树的秘密，就都不说它的名字，只说是神树。这一行人就在岛上安家了。他们用带来的种子种地，日出而作，日落而息，倒也活得滋润、悠闲。

岛上的人背地里都很羡慕，说，还是不知欲望树的好啊！

知心聚

雯是我们小城文学圈子里唯一长得有姿色的女人。最让圈子里人喜欢的是，雯的那张嘴会说出软软的侬语。同样的话经她嘴里说出来就绵、软、细、巧，而小城的女人说出来就重、硬、生、涩。雯的身材是高、细，小城女人是矮、胖。有一句话说，山阳脸、丹风眼，洛南尻子赛笸篮。雯就是陕西最南最东的那个县——山阳人。

隔三差五的，圈子里的人就要聚一聚。当然了，聚的理由很多，今天张三搬家了，明天李四的爱人生意开张了，朋友们都要去贺一贺。顺礼填名时好久不聚的朋友就互相问个好，互通一下大家发表的情况。大多时候是不谈文学创作的。文人都假，避免人家说“穷酸”和“臭美”。这时候，男人口中出现频率最多的是“雯来了吗？”

雯真的就来了，总是慢半个钟点，等男人嘴上把瘾过足了，望穿秋水了，雯就袅袅娜娜地来了。长长的秀发披下来，在身后柔柔地飘，白净的脸盘子轻施黛粉，眼光迷离。男人就都噤了声，只把眼光往雯的身上粘。雯就笑，轻启樱桃小口，怎么，都不认识我了？

波是我们这个圈子里在官场上混得最好的。单位好，他的级别也高，是那个部门最高长官。礼拜天，波可以把单位的白色面包车开出来，邀一些气味相投的文友去百里之外的瓮沟游玩，也可以去山阳的国家级旅游景区“金丝峡”观光。几个臭味相投的死党到齐了，一看，清一色的光棍，就说，给雯打电话吧，让她来。也热闹。

就有人说，波，你打吧。

波说，能来吗？说着，就掏出手机给雯打电话。

大多时候，雯会兴高采烈地赶来。穿一身紫色碎花连衣裙，戴一副紫色遮阳镜，满脸的阳光。上车就说，老波的光当然要沾了。公家的车公家的油啊。一车人都笑，都说雯会说话。我们这是吃大户啊，老波说了，吃、住、行全包的。

到了景区，雯总粘在老波的身后，她的小小的坤包也塞给老波拿着，一手握了一瓶矿泉水，一手就夸张地摇来摇去，老波，拉我一下，我要摔倒了；老波，搀我一下，我要掉到水里了。老波虽然累得上气不接下气，脸上却始终充满活力，好像一下子年轻了二十岁。话也多了，也不时说出一些幽默、风趣的段子，惹得雯笑得花枝乱颤。

小城南边有一条街叫沉香路，很背。这条街上有一家音乐茶座，名字很高雅，叫“知心聚”。门前有两棵法国梧桐树，把“知心聚”藏在阴影里。但“知心聚”粉红色的招牌因了这两棵梧桐的陪衬更显出她的幽雅不俗。

圈子里的人有过生日的，常常就舍去城中心富丽堂皇的大酒店，而选择来“知心聚”坐一坐，喝一壶平常喝不上的好茶，吃几片时下吃不到的哈密瓜，几个好友海阔天空地吹，无遮无拦地聊。然后去唱歌，去跳舞。这种场合波是必到的。任何人聚会都不会忘了打电话叫他。雯也是必到的。只要有波在的地方就有雯，圈子里的人都知道。雯也常常开玩笑说，我其实是波上一辈子的夫人呢。波就说，这种玩笑可开不得。要是让你嫂子知道了，我还不下岗啊？

雯笑，朋友们也笑。

那一次，雯自己过生日。朋友们都起哄，波，你出血，咱们好好聚一聚。雯说，咋好意思呢，我过生日。波说，过吧，反正大家热闹，聚一聚，心就近。十个人，雯和她老公坐正席，雯的右边就是波。生日蛋糕端上来时，大家都站起来，房间的灯光全部关闭了，36支蜡烛燃起来。祝你生日快乐！祝你生日快乐！祝你生日快乐……雯想一下子把蜡烛吹灭，可她没有成功，这时候，波忽然就低了头，鼓了腮去吹，正好就和雯的头碰到了一起。分食蛋糕的时候，张三又把奶油蛋糕抹了波和雯一脸。狂欢过后，房间的灯亮了，雯的老公的脸色却阴的要下雨。酒过三巡，开始打“通关”。先是雯的老公走关，波最后一个应关。第一拳，雯的老公赢了，第二拳，波胜了，第三拳，雯的老公输了，但他不承认，说，重来。我就不信我赢不了你！波说，赢也白赢！有酒量咱来六拳。雯的老公用左手把右胳臂的衬衣袖子往上挽了挽，说，舍命陪君子。来六拳就六拳。这圈下来，波就喝得有点多。轮到波打“通关”时，波说，我应关，就不打“通关”了。雯的老公说，那咋行呢！酒场如战场，既然人了就无退后之理。开始吧。波就开始打“通关”。第一个应关的就是雯的老公。三拳下来，波喝了两个酒，说话也不那么清楚了。雯的老公说，老波，刚才咱俩是六拳，现在也是，伸手吧！边上有人就劝雯的老公说，算了算了，老波已经喝不了了。雯的老公说，划拳也要有本事啊，要能喝。喝不了，逞啥子能？老波，我看你行的，来，划三拳！老波“呼”地站起来，伸出左手，说，我今天就用左手和你划。雯的老公说，好样的！是男人！一圈“通关”走下来，波还是醉得一塌糊涂。雯看着波的醉态，眼里是无助的哀伤。她想把手伸过去，想把波搀起来坐好，想把波送回去给波泡一杯浓浓的茶……

雯只是这样想了，雯没有这样做。

一年后，雯离婚了。圈子里第一个知道这个消息的是张三。张三给我打了电话。他说，这下好了，我们知心聚的时候再也不用操心雯不会来了？

那年冬天，波过生日。还是“知心聚”，还是同样的点心，同样的茶，同样的歌，同样的舞，可是，雯没有来。没有人给雯打电话。张三对波说，给雯打个电话吧，她来了，热闹！波幽幽地说，你没听说过什么什么是非多吗？

到后来，圈子里的聚会再也不去“知心聚”了。

花　瓶

还是雯的故事。

我一直说，雯是我们这个圈子里长得最有姿色的一个女人。我第一次见到她时，就惊讶于在这个陕南小小的山城里竟有长得这么标致的女人。时下流行一个形容女人有风情、有品位、有女人味的词是“小女人”。这个“小女人”用在雯身上是最妥当不过的了。

雯的脸面永远素净，雯的头发不是满大街“离子烫”那样笔直的假，而是蓬蓬松松的自来卷。最能表现雯女人味的是她的鼻翼动的幅度小巧精妙，她的嘴大而唇薄，很性感的那种唇。雯最让人产生怜香惜玉的感觉是她总是对朋友的荤段子和开她的玩笑傻傻的不明就里。

圈子里的聚会每次都离不开她。酒桌上男人的下酒菜就是荤段子。满桌子的乌烟瘴气里，输了酒的男人就说出一个荤段子。说荤段子的男人边说边用眼睛乜斜着雯。雯是一边用小巧的手捉了筷子夹了很素的菜往同样小巧的嘴里送，一边微微红了脸在那人脸上一瞥，就马上收回目光。那人就大声地、豪爽地笑。就有人说了，那一次去林那儿喝酒，涛没去，雯就做念了一路的。涛笑，很满足地笑。雯满口否认，没有的事。没有的事。我做念人家干啥啊？一副很无辜的样子，脸上的认真模样倒逗得满桌人大笑起来。

印象中好长时间没有见到雯了。再见面时是在一次朋友乔迁新居的酒桌上。这次见到的雯明显地憔悴了。模样还是清清秀秀，但眉宇间有了淡淡的哀愁。君告诉我，雯离婚了。

我默然无语。

雯的前夫在外面有了女人，反过来说雯在外边和谁谁谁不清不白了。雯没有和前夫纠缠，说不就是为离婚找个借口吗？我成全你。清者自清，浊者自浊。雯说完这最后两句很文雅的话就义无反顾地走了。雯没有流一滴眼泪。

那天晚上，雯一个人趴在床上却哭得稀里哗啦。

后来的聚会，朋友们就不敢再叫雯了。

我走过去，端起酒杯举到雯面前。雯，我们干杯！雯看了我一眼，眼里有泪水在滚动。我说我最喜欢你的傻了。傻傻的笑。雯果然就冲着我傻傻地笑了。但我看到里面有一丝苦苦的味。雯给自己倒了满满一杯白酒，端起来，和我"咣"的一碰，仰头一饮而尽。我说，朋友！雯说，朋友！我就握了雯的手，桌子上的朋友都站起来，你的手掌搭在我的手背上，他的手掌叠在你的手背上……朋友啊！朋友……这个桌子的歌声让周围的人侧目相看。众目睽睽下，雯的泪哗哗地流。

圈子里的聚会，又有了雯曼妙的身影和软软的话语。不同的是，男人们再也不讲荤段子了。不论是石头、剪子、布，还是老虎、杠子、鸡，输了酒的人不是唱情歌就是朗诵情诗。雯还是用果汁或者可乐应"关"。输了，雯总是给大家讲笑话，她的笑话是还没有讲出来，她的神态就把大家逗笑了。

去年"五一"前，忽然听到雯要结婚了。朋友们都为雯高兴。

在雯的婚礼酒席上，我们这个桌子是清一色的男人。酒就喝得没滋没味。看着穿梅红旗袍的雯和新郎在转着圈给大厅里每个桌子上的宾客敬酒，我们就不约而同地想起了和雯在一起喝酒的日子。君首先打破沉默，说，来，为了我们逝去的日子干杯！一桌子的男人都站起来，一桌子男人的手举起来，一桌子的酒杯端起来，一饮而尽。喝干的酒杯围成一个漂亮的圆，圆后是同样悲壮的男人围成的另一个圆。

雯走过来。她从新郎手中接过酒杯，一杯一杯递到这个桌子上的男人手里。她没有说话，她用眼睛说话，谢谢朋友们对我的厚爱！她用手说话，她给自己斟了满满一杯白酒（新郎说你喝不了白酒的），和这个桌子上的男人很响地碰杯。那杯酒她喝得一滴不剩。雯转身走得很潇洒、很潇洒……

这时候，有一个新朋友忽然问，雯写什么？诗歌还是小说？君说，雯什么也不写。那人就很惊讶，这个圈子里的人，什么也不写？君说，是的。雯不写，雯就是这个圈子里的人。那个新朋友看着桌子中间堆着的插花，拍了拍自己的脑袋说，我明白了，花瓶。是的，花瓶。

张　梅

我第一次见到张梅的时候，她是和雯在一起的。雯的超凡脱俗更衬出张梅的平凡普通。张梅的头发做得笔直顺滑，从后边看去就是那瀑布一样的长发养人的眼，身段说不上苗条，是因为没有腰身。张梅的脸盘子也没有特色，是一张典型的柿饼脸，扁平中透出酡红。

那是在一个文友的作品研讨会上，小城文学圈子里的人都到齐了。张梅始终和雯坐在一起。很认真地听与会的领导讲话，听小城文学界的名人评论作品，时不时地，她还用手中的笔在本子上记着什么。在开会的间隙，张梅会拿了她的漂亮的日记本，跑前跑后见谁都叫老师，让给她的本子上签名留念，留电话号码，留 QQ 号，一迭声地说，请老师以后多多指导。

那些好像是老师的男人很敷衍地签名。他们更喜欢在开会的间隙和雯开一句两句玩笑。和同样夸夸其谈的老师谈论一些高深的文学理论。没有人会真正和张梅谈她提出的小说或者诗歌创作中的问题。

再见到张梅是在雯的生日晚宴上。风云居的包间里，张梅的身边站着一个十岁左右的女孩。女孩穿一身火一样红颜色的羽绒衣，小脸在灯光下红扑扑的生动。特别是那一双黑葡萄般的大眼睛简直就是一张会说话的嘴巴。我说，张梅好福气啊。有这么一个漂亮的女儿。张梅就很优越地笑。低头对女儿说，谢谢叔叔夸奖。那女孩就仰头对着我甜甜地笑，谢谢叔叔。我问张梅，女儿上几年级了？说是上五年级，本来应该上六年级的……身边的君就打岔，快喝酒，酒都凉了。说完就笑，菜都凉了。

酒席散了，朋友们余兴未了，就一起去了知心聚唱歌。大厅里，唱歌的人如醉如痴，跳舞的人腾云驾雾。雯是这里的红人，才从这个男人怀里走出来，又被那个男人拥走了。张梅静静地坐在角落沙发上喝茶。她的眼光在那些跳舞的、唱歌的人身上逡巡，充满了希望和渴求。雯跳累了，唱乏了，就来到张梅的身边坐下，大大咧咧地冲张梅说，快，给我倒杯饮料。快，给我捶捶背，累死了。你也不去唱歌。张梅一笑，我唱得不好嘛。

曲终人散，走出知心聚，君的一句话忽然让张梅痛哭失声。君是这样说的，张梅，让水送你回家！张梅忽然就哭了。她的整个身子蹲在人行道上的那棵梧桐树下，嘤嘤地哭。肩膀在剧烈地颤动。君傻眼了。他没有想到这一句玩笑开大了。原来张梅离异了。圈子里的人都开张梅和水的玩笑，说他们两个人挺对眼的。雯去拉张梅说，不就是开个玩笑吗？至于吗？张梅还是哭，说这个玩笑也不是这个时候开的。你们知道吗？水的老婆都找我了。我是那样的人吗？

周围的人就都愣在了那里。

我这才想起，张梅每次在凑分子钱时都是十块、五块的往外掏。敢情这些钱是她的买菜钱啊。

我有些恨雯的残酷了。为什么要把张梅拉来。是用张梅的平凡来衬托雯的出众吗？张梅是那样的难。

秋天里。雯打来电话，张梅的小说发表了，上了一家省级刊物的。她今晚在风云居请朋友们喝酒。

我们见到张梅时，她还是那样不加修饰的着装。只是因了成功的喜悦，她的脸上始终充满幸福、满足的笑。张梅把朋友们面前的酒盅斟满了，朋友们却不端杯子，看着张梅笑。张梅在这个人脸上瞅瞅，在那个脸上瞅瞅，问，怎么了？怎么了？朋友们说，张梅，你今晚像你的小说一样美！

我想让你拥抱我

繁和简来到深圳，来到石岩湖温泉度假村，过了情人桥，来到四面环水的情人岛上，完全是没有先兆的。四十岁了，十六年前结婚时都没想到会来这几千里之外的南国水乡。情人桥上、椰子树下、石岩湖边，到处都留下他们相伴的身影。简的长发如云，总是小鸟依人样走在繁的身边。同行的赵姐打趣，你们是在度蜜月啊！

到会的第一天，主持人让女同志先报数，然后让男同志报数。最后说，刚才报数尾数为一的为一组，尾数为二的为二组，依次类推。这样就打乱了原来的格局，不再是“地方割据”了，全国各地来的朋友就重新组合成了新的小组。繁是男同志报数里的第22位，简是女同志里边的第22位，他们二人就分在22组，是陕西团队里唯一没有被拆开的两个人。同来的人就说：这是命啊！你们俩的命真好！

情人岛上的会议室租金是一日一千五百元的。这叫从内地来的繁和简吐了舌头。

繁说，放到咱们那儿，最多就是500元。

简说，这是深圳，打工妹都比内地干部工资高。

繁就说，我们这几年都白活了。

简说，可不是！

这一天中午，会议进行到一半，主持人说，大家累不累？我们来做一个游戏。以小组为单位，站成两排。会议室的灯光霎时暗了。只留下两三盏暗黄的吸顶灯，发出依稀可见的光。主持人喊，左边的往右转，右边的往左转。繁和简鬼使神差地又面对面了。两人相视一笑。主持人说，我们这个游戏是这样的，我喊一二三，面对面的人同时出手，同时伸出两个指头，表示握手，同时伸出三个指头，双握手。同时伸出四个手指，就是拥抱！如果不出手指或者出的不同就表示没有关系。

一、二、三，开始！

繁心里说，自己人，握个手吧，就伸出两个手指，简想让繁的双手握了自己的小手，是三个手指。繁一笑，握了简的手，漫不经心地握了握。简用另一只手搭在繁握她的手背上。

一、二、三，开始！

繁这一次升格了，伸出的是三个手指，简多想让繁拥抱自己一下啊！十六年了，屋里屋外的忙，操心丈夫，操心女儿，唯独没有操心自己，每次从电视里看见人家拥抱，简的浑身就热热的，她想对繁说，请你拥抱我一次，但她永远也没说出口，这一次，远在几千里之外的小岛上，又是这样的气氛，简的愿望就要实现了，简毫不犹豫地伸出四个手指。繁一笑，双手握了简柔若无骨的手，轻轻摇了摇。简用深情的目光望了繁，似有话要说，但终究没说出口。

一、二、三，开始！

繁伸出的仍然是三个手指，简仍然是四个手指。繁又一笑，又要去握简的小手。简抽回了她的手，说，我们本来就不合游戏规则的。我们已经错了两次了。

繁张大了嘴巴，说，认真干吗？这本来就是游戏嘛！

简说，但我们错了，真的错了！

繁随着简的目光看去，周围有好多人已经拥抱在一起了。你的右手拍着他的背，他的左手拍着你的肩。那么亲近，那么自然。

你为什么就不能拥抱我呢？

简看着繁说。

繁说，我们是夫妻啊！

简说，我真的想让你拥抱我！

繁不解地望着简，你怎么了？是不是病了？

简的眼泪就流下来。在黑暗里汹涌着，像情人岛边不断涌动的湖水，一波又一波，再也止不住了。

枇杷熟了

门前硷下的那棵枇杷树，常年绿生生的，到了初夏，就挂满了繁嘟嘟、黄亮亮的果子。莲嫂常常望着枇杷树发呆。

是啊！那是结婚时他们俩人亲手栽下的啊！

莲嫂嫁过来的时候，公公是远近闻名的兽医，在县上畜牧站上班，逢礼拜一回到家，不是沟这边的人叫去看牛了，就是沟那边的人拉去看猪看羊了。有工资，加上额外的一点收入，光景过的比一村人要好。过了五年，公公去世了，男人本是家里的老小，姊妹七个，就他一个男丁，原是什么也不会做的，光景就一日不如一日。眼看村里的人一家比一家富起来，男人就说，我要去城里做生意呀。

莲嫂说，你又会做啥呢？

男人说，你别管！

男人有男人的办法，男人在家闭门不出三个月，把父亲留下的书通读百遍，就去了县上畜牧局，拿到了牌照，在新城开了一家“赵一付宠物门诊”。不论狮子狗啊，还是眯眯猫啊，生了病，在他那儿，一付药就看好！男人的生意就出奇得好，不几年，名声倒比他父亲当年还要大了。整个安康城，市长换来换去，市民记不住市长的名字，倒能记住“赵一付”的名字。

莲嫂的脸上又重新绽开了笑容。日子一天比一天好。酒是满罐满罐地装，腊肉是一吊一吊地放，房梁上一年四季不断。更可喜的是，那棵枇杷树也是一年比一年长得高大，果实一年比一年结得繁。

是啊，做生意就是为了光景过得更好，一家人不愁吃不愁穿嘛！

眼看要收麦了，枇杷树上的枇杷黄亮亮的，看一眼，嘴角都流口水。莲嫂望着房后坡上回家的路，还是不见男人的影子。往年，男人这时候早回来了。要收麦呀！莲嫂一连看了五天都没有看见男人的影子，就上树折了大把大把的枇杷，放了满满一竹笼。黄亮亮、圆嘟嘟的枇杷里夹着绿生生的叶子简直就是画家画上去的。莲嫂要去城里把这枇杷卖了，再挑几嘟噜最好的给自己的男人。

莲嫂的枇杷新鲜，熟得恰到好处，就卖得快，不到十二点就卖完了。她特意挑出来的那两嘟噜有人要买，她说，不卖了，不卖了。那是给我男人留的。人家就笑，谁没男人啊，说的恁亲！

莲嫂也笑，心里说，我男人才好哩，我男人给我挣钱哩。

莲嫂往男人的“宠物诊所”走时，心里竟“扑通、扑通”地跳了。像恋爱那阵一样，想起刚才买枇杷那人的话，脸都红了。莲嫂心里说，我这是怎么了？孩子都十五岁了啊！

莲嫂这样想着，走着，一下子就到了男人的诊所。奇怪的是诊所的门关着。莲嫂打了几下门，没人开。男人干啥去了？这时候？莲嫂也顾不得多想，就掏出钥匙开了门。莲嫂把那两嘟噜枇杷用清水冲了，放到桌子上，把桌上的书呀、本子呀、笔呀收拾好，看着整齐了，脸上露出满意的笑容，洗了把脸，走进里间男人的卧室。莲嫂的眉又蹙起来，这男人，就不干净一点点。早上起来连铺盖也懒得叠！

莲嫂走过去，开始叠铺盖，刚刚把被子叠好，在整理枕头时，她就惊呆了。在枕头上，分明有那么几根长长的头发，棕色的……

莲嫂的心往下沉，往下沉，她的眼前一黑，就啥也不知道了。莲嫂醒来时，躺在床上。男人坐在她的身边，一脸的无奈。莲嫂一骨碌爬起来，走到桌前，把那两嘟噜枇杷一下子扔到地上，用脚踩了个稀巴烂。

莲嫂对男人说，你还记得那棵枇杷树吗？

咋不记得？那是我俩亲手栽的啊！

那你？……

你看你，咋就连自己的男人都信不过了？昨天下午英子回来了，我就让她睡在我这儿，我刚刚把她送到大姐那儿，回来你就倒在地上……

啊？

英子是男人的妹妹，嫁在山外的。

莲　花

莲花和男人走进乡民政办公室时，心里像揣着一只小白兔，热烈地翻动着。羞涩、激动、害怕、盼望——这一切都被民政员的问话打断了。

莲花，你愿意和正运结婚吗?

愿意！莲花没有想到自己的命会是这样好。看着身边这个高大、挺拔、结实、高过自己半个身子的男人，莲花陶醉了。

怀揣红彤彤的结婚证，走在麦苗青青的乡间小路上，莲花的思绪一下子回到了遥远的家乡。莲花的娘家在陕南汉江边上的大山里。那地方山大沟深，石头比粮食还多。男孩子长大了娶不回媳妇，女孩子长大了都往山外跑。莲花是远方一个姨表介绍出来的，表姐也是前几年才嫁到山外。说穿了，就是拿了两千元给父亲，莲花就成了山外某个男人的媳妇。这种事情多了，莲花知道，掏钱买媳妇的男人都是在当地说不下媳妇才从南边山里说的。这样的男人要么家里穷，要么是身体有缺陷。莲花只想着，穷一些没关系，只要人好就行。没承想这事还真让她给碰上了。

正月里，表姐做了莲花的娘家。莲花穿着大红的衣服胸前挂着一面烧饼大的镜子，油光的头上插了一枝艳艳的桃花。莲花的脸像天边的火烧云，热烈地燃烧着。莲花做梦都没有想到和他拜堂的不是和她领结婚证的男人，而是男人的哥哥。莲花的脸上一下子布满了阴云，整个人好像突然掉进深不见底的冰窟一样没有了知觉。莲花像一个木偶任凭人们摆布。闹洞房的人走了，躺在火炕上，莲花泪流满面。在司仪宣布婚礼程序时，莲花才知道这个站在她身边的男人才是真正的正运。正运的个头还没有莲花高，正运的皮肤也没有他弟弟的白，正运的年龄显然比莲花要大得多。莲花在心里说，我早该想到的，我怎么会有那么好的命?我从第一次走进这个家，从见到正运的第一眼就应该知道我的命运是应该和这个五短三粗的男人连在一起的，从今天参加婚礼的人们眼里和行动上就应该知道正运和她才是真正的夫妻。全天下的人都知道了，就她一个人蒙在鼓里。不，还有一个人，那个和她领结婚证的男人。莲花现在才忽然想起，今天好像没有见到他的身影。

认命吧。莲花把泪咽到肚子里。

婚后的日子平平淡淡。莲花两口子住在上房的北边，父亲住在南边。那个叫新运的弟弟住在厦屋里。一家四口早出晚归，侍弄着刚刚分到户的四亩多责任田。院坝里的小方桌上四个人吃饭时，说话最多的是正运。说话最少的是新运。不说话的是莲花。莲花添了儿子后，父亲说，分家吧，你们住到厦屋，我们该给新运张罗个家了。新运说，爸，你就不要操心了。我这辈子就不要媳妇。新运说这话时翁声翁气的。莲花的心就往下沉。莲花记得结婚后的第五天晚上，她上茅房时碰到正从茅房走出来的新运。她不知哪来的勇气，盯着他的眼睛问，你这几天去哪儿了？你把我骗进门就跑的没影了，你还是男人吗？新运一下子把莲花搂进怀里，在漫天繁星的冬夜里，莲花感到了夏天的火热。我看上你了，你知道吗？莲花！

第二年，莲花又添了一个儿子。春天里，正运说家里也没有多少活路，他要出去打工啊！两个儿子今后的负担重。谁知道正运这一去就再没有音信。到了第五年，莲花去民政部门办了离婚手续又和新运结婚了。这桩婚姻也是老父亲和村上干部的主意。

莲花的大儿子叫大宝，小儿子叫小宝。两个儿子都叫新运叔叔。莲花说，喊爸。儿子说，不。我爸在山外打工呢。大宝上初中二年级时的春天，校园里的那株桃树花儿正灿烂的时候，有个又黑又瘦的男人来找他了。男人说，大宝，我的儿啊！男人浑浊的泪就顺着满脸的胡须往下流。大宝知道父亲当年到了山西就被人贩子弄进了黑砖窑。要不是最近报纸曝光，当地公安部门集中整治，他这辈子都不能回家了。

大宝说，爸，我们回家吧。

男人说，孩子，你妈也不容易。跟我受苦了。我知道她现在过得不错，我就不打搅他们了。你和你弟弟好好上学。爸会常来看你们的。

正运在县城边的东风砖厂找了个活，就吃住在砖厂了。

莲花是十天后才从两个儿子的谈话中知道正运的事的。晚上，莲花和新运说了一个晚上的话。这时候老父亲已经不在了，拿主意就是他们两口子。正运被莲花两口子接回来时，满村的人都落泪了，莲花也是热眼里抹不完的泪。

正运住在厦屋，莲花两口子住上房。仍然是日出而作，日落而息。吃饭的小方桌上，三个人都没有话说。

正月里，正运离家出走了，他再也没有回来。

大学毕业后的大宝在南方拼搏了几年回县城办了一家公司，大宝食品有限公司。看大门的是一个干瘦的老头。人事部说，那老头怪，不要工资，说是有吃有住就行。坐在宝马车上的大宝老远看见老头就想，真是个怪老头。管他呢，不要工资就好。

大宝万万没有想到的是，半年后母亲莲花住进了门房。这时候，叔叔新运因为一场大病已离开了人世。

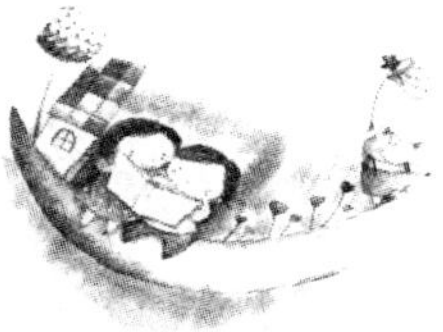

卖　菜

一场春雨，菜地里的西红柿、黄瓜长得像娃娃的脸，也像娃娃的胳膊。那些西红柿粉嘟嘟的，皮薄得能弹出水来。王老汉对正在灶前烧火的老伴说，吃过饭我去街上卖菜啊。

老伴头也没抬说，就你，还能卖菜?

自家吃不了，就能卖。咋卖不了？王老汉说着就拿了两个箩筐去院坝前面的地里摘柿子、黄瓜去了。看看架子车还没有装满，老汉又用镰刀剁了五个莲花白放上去。

老伴看着老汉忙，揶揄道，真要当菜贩子啊。

吃过饭，王老汉拿了一顶旧草帽往头上一扣，从墙上取下几年都不用的盘子秤放到车子上，换了解放鞋就兴冲冲地拉上车子上街了。老汉的运气还真不错，刚走到县城粮食局门口，从大门走出来两个中年妇女看见老汉的菜新鲜就要买。老汉停了车子，说，自家的，吃不了，嫩着呢。妇女把挑好的西红柿放到秤盘上，老汉刚提起称，身后“吱”的一声，一辆白色的客货两用车停下来。从车上下来五六个穿制服的年轻人，不由分说就夺老汉手中的秤。老汉惊慌失措，称盘里的西红柿滚了一地，被那几个年轻人踩烂了，红的惨烈。老汉说，咋了？咋了?

咋了？这儿是你卖菜的地方吗？瞎了眼了!

这是我自己的菜!

不管是谁的。这儿就是不能卖。有人趁老汉不注意，一把抢过秤盘，老汉一个闪失就栽倒了。那几个年轻人就卸了老汉的架子车轱辘扔到车上扬长而去。

站起来的王老汉狼狈不堪，瞅着眼前倒在地下的车子和滚了一地的西红柿和莲花白茫然不知所措。边上看热闹的人就说，老汉，那是市政上的。要罚你款呢。

老汉问，我卖自己吃不了的菜还犯法吗？

不是犯法，是你放的地方不对。

我平常不卖菜。咋知道在哪儿放呢？

人家不管你知道不知道，就是罚款弄钱啊。

老汉叹息一声，不让给这儿摆说一声不就得了。抢了秤，抢了车轱辘，是土匪嘛。

这时候，刚才买老汉菜的妇女说，您这县城有亲戚吗？赶紧找人去走后门，把你的车子要回来啊。

老汉就说，你看我，真是老糊涂了。我儿子就在县上呢。有人就问，你儿子干啥呢？老汉也不答话，就匆匆去了对面的话吧。

不一会儿，刚才拉老汉车子轱辘的那辆白色客货两用车又开回来了。从车上下来两个领导模样的人向老汉走来。老汉一惊，还要抢东西啊？

那人走近了说，你老刚才咋不早说呢。真是大水冲了龙王庙，一家人不认识一家人。那人说完就向后面喊，还不把车轱辘拿下来。

那几个小青年就低了头，从车上取了车轱辘来给老汉安上了。帮忙拣拾散落在地的黄瓜、柿子……领导模样的人说，您跟我们走吧，这车菜我们买了。

老汉一声没吭，推起车子，忽然一使劲，两手往上一掀，满车的西红柿、黄瓜、莲花白倒在了大街上，开放出嘲笑的花朵。在周围人惊愕的目光中，老汉拉起他的架子车头也不回地走了。

师　徒

听到师傅去世的消息，磨成放下手中的砖坯，三步并做两步小跑着来到师傅的家。师傅的儿子和侄儿正在给老人穿寿衣。磨成扒开两人，伏在师傅身上号啕大哭。

是啊！磨成长这么大，连一个正经名字都没有，从小没了爹，是母亲一手拉扯大的。母亲一口一个“磨成”地叫着，叫着叫着，就叫大了。是师傅在他二十岁那年，收他做了徒弟，给他一碗饭吃。

师傅的拿手好戏是“入殓”。在那个到处割资本主义尾巴的年代，谁还敢用手艺，学手艺？唯有师傅的手艺没人反对——谁家都免不了老人去世，谁家到时候都少不了叫师傅。这种手艺没人去学，也不屑去学。和死人打交道，一要胆大，二要心正，三要无牵无挂。师傅也是苦命人出身，快三十了，还成不了家，以为要打一辈子光棍了，才学了“入殓”这手艺，混一碗饭吃，混一包烟抽，混一口酒喝。不成想竟混来了媳妇，后来还有了儿子。

村上的“地主”老婆死了，没有人去给她穿衣服，就连她的侄儿也躲得远远的，怕受牵连。师傅听说了，二话没说，和老人唯一的女儿给死者穿衣，入殓，去求生产队长叫社员把人埋了。没有了父母的女子心一横，死心塌地地跟了师傅。

师傅对磨成常常说的一句话就是“人活着，就要心好！”

早晨八点，给师傅入殓。

磨成六点就从师傅身下的麦垛中醒来，忙前忙后准备入殓用的东西。麦子呀，草木灰呀，灯草呀，又问“殓单”做好了没有？瓦盆呢？

八点，响器吹起来了，火纸烧起来了，偌大的院坝跪满了穿白色衣服的孝子。女孝子在咿咿呀呀地哭，听得出来，只有一个人是真伤心，那是师傅唯一的女儿。

磨成让人扶了师傅的女儿上前用扫帚把棺木里边扫了，拿来一升小麦均匀撒下去，铲三锹拌好了的草木灰撒在上边，用棉纸一张接一张铺盖了三层，这才取了褥子铺好，就喊：“倒头盆呢?”

师傅的儿媳慌慌地拿来。一尺方圆的黑色瓦盆，上边放着一个红布做的两头尖的枕头。又喊：“殓单呢？殓单！”师傅的儿子忙忙递过来。磨成把殓单在棺木中放好，就和师傅的侄儿一人抱头，一人捉脚把师傅放到了棺木中。用殓单把师傅裹了，就把先前包的七个灰包在头上边放四个，脚下放三个，又喊：“有胡基吗?”回应说“没有。”就喊：“赶急让人去买卫生纸。”一会儿，两包卫生纸到了，就撕了包装，整卷整卷塞进师傅身子两边。喊：“拿灯草来！”就有人去院坝边抱来一芦苇席的灯草。磨成把柔软的灯草给师傅身子四周围塞得实实的，就拿过棉纸，一张一张在师傅身上铺过去，铺了四层，嚷道：“把剩下的草木灰分四次，不倒手全部拿来。”

草木灰均匀地撒完了，磨成开始把棉纸一张一张地往两边揭，慢慢的，师傅的身子出来了，浑身衣服平平展展，没有一点纸屑、草屑。磨成用筷子量了师傅的鼻尖，说：“端正得很！”就盖好被子，放上奶粉，白糖，鸡蛋，饼干；一个缸子，一个勺子；两盒‘公主’烟，两盒火柴；一副师傅生前最爱打的花花牌。按规矩，要让师傅的儿子给老人洗脸，磨成说：“师傅就是我再生父亲，我给师傅洗脸。”取来一个白瓷碗，倒上酒，用新棉花沾了，给师傅洗脸。

“师傅啊……”磨成顾不上洗手脸，又泣不成声。

外边就有人悄悄说：“磨成这手艺也没用了，明年全县就要实行火葬！”

“是啊，他再也挣不下烟酒了！”

“还有三十元钱呢！”

磨成不知怎么就听到了，抹了一把泪，说：“我师傅早料到了，他传给我一门绝活——”

周围人都瞪大了眼睛。

“给死者剃头。你们谁会?”

满场上没有一个人回答。

“其实，师傅留给我的唯一法宝是：人活着，只要心好，走到哪儿都有饭吃！”磨成说。

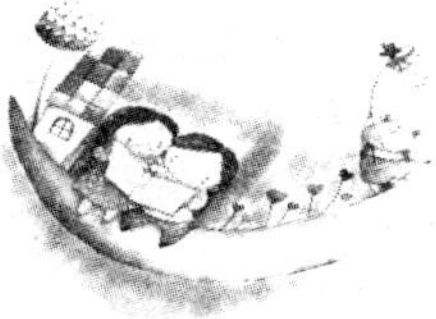

乡场上

真像人常说的，六月的天，是娃娃的脸，说变就变。春兰刚刚把面团放在案上，就听天空传来隆隆的雷声。不好！乡场上还晒着大片麦子呢。春兰也顾不上等着吃过饭要到八里外的中学上学的女儿，把面团往里一推，用半湿的布一盖，向西屋喊到：“玲，收麦去。”

这雨来的可真猛。春兰收拾好家什向麦场上赶时，那云，白的打先锋，像洪峰一样滚滚涌动；黑云压阵；似千军万马，浩浩荡荡压过来，天色霎时暗下来。

起风了。杨树的叶子哗哗响起来。细高的梧桐树左右摇摆。风掀动树叶，像无数只手翻动大自然的书页。蝉惊叫着从这一棵树上飞到另一棵树上，鸡开始往墙角跑……风声、炸雷声响成一片。偶尔一道亮光划破灰暗的天空，紧接着就是一阵震耳欲聋的雷声。雨，开始东一下、西一点的落下来。大雨中夹杂着拇指大的冰雹，狠狠地砸在地上，击起一阵久旱的泥土气息。一个冰雹落在春兰头上，她禁不住打了一个颤，好疼！这才想起忘了带草帽。她也顾不了许多，用手把愈来愈湿的头发向后脑一拢，扬起袖子抹了一把脸，小跑起来。是啊，人家的麦都晒在席子上，自家的又多，又晒在地上，要是让雨一浇，粘到土里，扫也扫不出来……

春兰急急忙忙赶到场上，收麦的人已不多了。左腿有点跛的根生正和嫂子忙着往筐里装麦子。春林挑起筐子，他的妻子慧芳掮着席筒正匆匆往家里赶。春兰扫了一眼，忙向自己那边望去：奇怪，满场的麦子早已堆在一起了，用三张席子遮了个严实。春兰心里想：是谁堆到一起的？还没来得急找出答案，她已蹲下身，把席揭起一个角，用铲子往筐里收麦子了。两个筐都装满了，直起身来，准备挑，她面前突然像铁塔般站着一个人。

抬头看，是村里的单身汉保全。保全比春兰大不了多少，但他辈分高，春兰称他保全叔。“保全叔，又是您堆的?!”

“收完了我的，看你没来，就堆了起来。”他说着把肩上的空担放下，接过春兰手中的担，说："我来挑吧，你给那两个筐中盛。"

"玲玲，快过来，把帽子给你保全爷。"

场边，穿着粉红色的确良衬衣的玲玲早来了。她站在那儿没动。听到妈妈的喊叫，她忽然拿起草帽向家里踉踉跄跄地跑了。这个十五岁的女孩心情很复杂：她恨妈妈，恨妈妈总和那个包保全爷接触；她更恨保全爷，这个年轻的爷，他不该总是帮着我家干活，哪怕让雨把麦子冲走呢！难怪村里人说闲话呢！她爱妈妈，她在心中不止一次的祷告：妈妈，我的好妈妈，你自重起来吧！"自重"这个词还是她上中学以后学来的，好像专门为给妈妈用似的。

一口气跑到家里，凉鞋带也在泥泞中折断了。裤管溅满了泥水，草帽歪在了一边，两条不很长的辫子一前一后地搭在肩上。摔下草帽，玲玲一头扎在床上，委屈地大哭起来。有时候，她天真地想：要是父亲不跑运输……

前年，父亲贷款买了一台手扶拖拉机，没黑没白地跑运输，成了村里冒尖的运输专业户。可是，父亲在一次车祸中死了……那是去年夏天的一个晚上，玲玲在睡梦中听见母亲的哭声知道的，玲玲陪着妈妈哭啊哭。爸爸还没看到她上中学就永远地离开了她。

这一年，玲玲每次从家里走时，妈妈总是用忧郁的目光看她，目送她。保全爷常来帮妈妈挑水、挑粪，有时去地里锄草……她隐隐约约听到，妈妈要和保全爷去乡上登记结婚。玲玲苦恼极了，她不要这个后爹，听人说，后爹后妈都坏……村里人也说，辈分不同，结婚不成……

十五岁的玲玲确实没有任何主意。她趴在床上，听见一个沉重的脚步声走进来，随后又听到往仓里倒粮的声音。不大一会儿又听到一阵杂乱的脚步声进来——这是妈妈，她听到妈妈踏进门时的那一声长叹……

不知不觉，玲玲迷糊过去了。她做了一个甜美的梦，爸爸开着手扶拖拉机回来了，要带她和妈妈去县城玩。车开动了，玲玲和妈妈穿着新衣裳，坐在车厢中。忽然，那开车的人转过脸来，却是保全爷，笑眯眯的。玲玲又好像知道妈妈和保全爷要去乡上登记似的，玲玲正要从车上往下跳……

"妈妈！"玲玲大叫。

"玲玲"妈妈闻声从外面走进来，"又做噩梦了？都是妈妈不好……"

玲玲看见妈妈的眼睛凹下去，眼圈是一片暗灰色。她忽然抱着妈妈大哭起来：

"妈妈呀……"

生　意

安康城没有城墙，至少现在没有，但安康城却有一个城门，是标准的那种：青砖拱成门洞的墙壁，青石铺就城门洞的路面，城门上面有远古的萋萋之草。古老的城墙不知毁于何时，留下的只有这个城门，安康人说“城门洞”指的就是这里。城门以南是新城，以北是老城。

城门北边左手是邮电所，紧挨邮电所是一家汉中米皮店。米皮店经营米皮、面皮、稠酒。老板是一个风姿绰约人称梅嫂的少妇，上身穿一件天蓝色白花的短袖中式布衫，下着黑色白点过膝短裙，忙活起来，腰间围一白亮亮的卫生裙，油光闪亮的头发在脑后一盘一扎，脸盘更大，更亮了，梅嫂干净利落，加上她那一张能说会道的嘴，小店的生意就红红火火，二月里，汉江上的风暖暖地吹过，江北江南山坡上的油菜花开得黄灿灿的，安康城像一个怀春的少妇，热胀胀的，年轻人已穿起汗衫、短裙了。梅嫂的生意又开始好起来。从早上八点开门，到下午两三点东西就卖完了。在这儿吃米皮的就是城门洞周围的人，干部、工人、教师、学生、小商小贩，郊区农民……梅嫂的墙上赫然挂着“文明个体户”、“巾帼英雄”等牌匾。

城门北边右手是一排低矮的板门房子，原来是浙江人在那里开缝纫铺。这几年，卖成衣的多了，做衣服的人就少了，就有一个农村大嫂模样的妇人在紧挨城门的门面房卖起了安康蒸面。大嫂的脸黑红黑红，头发刚刚过肩，穿着长衣长裤，做活不紧不慢，唯一可看的是供顾客进食的桌椅是仿红木的，古色古香。正对着大门的后墙上是一个大大的“食”字，那个“食”字一看就给人一种无法言语的冲击力。

常在梅嫂这儿喝酒的强子耳朵灵，告诉梅嫂：“那女的是农村的，看吧，不出三月就要关门。”梅嫂就笑，就故意尖了声吆喝：“米皮，正宗汉中米皮，又滑又亮，又柔又韧……”一面就望了对面不屑地笑。

农村大嫂不知不闻，低了头只管做自己的事。到这边来吃蒸面、喝酒的先是后山下来卖山货的农民，大碗吃面，大碗喝酒，大声划拳。到后来，就有教师模样的人隔三岔五地去品茶——正宗安康毛尖茶。这些人一边喝茶，一边品评墙上的“食”字，就争得面红耳赤，走时却高高兴兴，说“下次再来，下次再来。”

看着往日的顾客跑到对面貌不惊人的农村人那儿，梅嫂心里暗暗着急，有人就给梅嫂出主意：“黑大嫂的生意都在那个‘食’字上，你也请人写几个字，和她斗一斗！”梅嫂就到邮局门口请刻章子的老头写了大大一个“吃”字贴在墙上。

奇怪的是人们走门前过，朝里一望，只是笑。梅嫂莫名其妙，生意并未好转。这一天，梅嫂的店里来了一个外地人，吃了米皮，又吃了面皮，最后喝了一大碗酒，对梅嫂说：“你这面皮里缺一样调料，有了它，你的生意谁也比不上。”

梅嫂就急着问：“啥东西？啥东西？”

那人就神秘兮兮的取出一包东西，说：“取三五颗，火油浇了，放入调料，保证人吃一回，还来吃二回，永不离你的店。”

梅嫂将信将疑，想起对面的冤家，还是掏钱买了一包。

一个月后，梅嫂的生意果然出奇的好，人们说：“梅嫂的面皮是安康城第一家，她的米皮、面皮，就一个字——香！”

黑嫂的生意还是那样，乡下人图个实惠，黑嫂的碗大。知识分子图个清雅，能品茶，能观黑嫂墙上新贴的一副“李白举杯邀明月”图。到了春节，黑嫂的门两边挂出了一副对联，上联是：“进门见食食的高兴”，下联是：“出店品书书也风雅”。

春天里，梅嫂的店面关门了。知情人说：春季卫生大检查，有人举报梅嫂调料里有大烟壳子，防疫站来一查，果然。就封了门，公安就逮了人……又有人说：梅嫂回汉中了，说她男人和别人好了……

这时候，才有人说，黑嫂的男人是安康城专管工业的副市长，黑嫂所在的厂子倒闭了，黑嫂下岗了。黑嫂店里的“食”字是安康城书法泰斗古远清老先生亲书、画是安康城最有名的画家李西东慕副市长的清正之名而做的。

黑嫂的生意仍然是那样：像汉江河的水不紧不慢地流着，像江南江北满山遍野的茶树绿着，像低洼地里的水稻永不疲倦地长着。

那儿，有一片桃林

父亲所在学校的屋后，是一片很大的桃林。

太阳高高地挂在当空，晒在身上暖烘烘的，我在桃林里跑着，笑着；追蝴蝶，撵蜜蜂……

这个花蝴蝶真好看，薄薄的双翼绿中透白，白中透红，在阳光下悠闲地扑闪着，惹得太阳直眨眼，我瞅准机会，猛地扑过去……蝴蝶飞走了，我却跌倒在地。

“呜呜……”

“格格格……”，有人在笑我。我抹一把泪。前面桃花丛中，一个俊俏的小姑娘正望着我笑。

“你是谁？”我一下子站起来。

她却又“格格”地笑了，摇着扎蝴蝶结的羊角辫，用小手在鼻子上刮一下“不羞！”

我恼了，转身要走。她却跑过来，让我看她手中的花儿。那白皙的小手上，托着几朵粉红的桃花，煞是好看。

“你喜欢花儿吗？”

“喜欢！”我又急忙改口，“不，女孩子才喜欢哩！”

“格格格……”她又笑了。

她就是秀儿。

我们便熟起来。我知道她是温老师的女儿。也是前些日子来学校玩的。我们就日日在屋后园里玩。看蜜蜂立在花上和飞来的燕子说话，拿衫儿去扑蝴蝶……玩累了，跑够了，就坐到桃树下歇着。

“你会唱歌吗？”

“不会。”

“你会啥呢？”

“我会背诗。”

“你背吧！”

于是，我就把父亲教了几个晚上的诗大声背下来：

清明时节雨纷纷，

路上行人欲断魂。

借问酒家何处有？

牧童遥指杏花村。

“这个村一定叫桃花村了。”秀儿转过脸，望着我。

“不知道。”我说，“你也背一首好吗？”

“妈妈教我唱歌，我唱一支歌儿吧！”

一条大河波浪翻，

风吹稻花香两岸。

我家就在岸上住，

听惯了梢公的号子

看惯了船上的白帆

……

她尖着嗓子憋红了脸，但很高兴。

唱完了，我们就收拾花儿。她送我一盒，我也送她一盒儿。

我和秀儿在父亲房间里“过家家”。温老师进来了。她看了看我们，抿嘴一笑，对父亲说：“吴老师，咱们做亲家吧！”

父亲先是一愣，紧跟着就大笑起来。

我问父亲：“做亲家是干啥？”

“就是让秀儿给你做媳妇呀！”

我的脸不知咋的就红了呢。秀儿倒在一旁“吃吃”地笑。

第二天，秀儿流着眼泪来找我，说是我给她的那盒花儿死了。我赶忙捧出她给我的那一盒，打开一看，呀！那早晨带露珠的水灵灵、亮鲜鲜，像蝶儿翅似的花儿竟蔫蔫了。

“我们埋了它吧！”秀儿流着眼泪说。

在那棵老桃树下，我们轮换着挖了两个坑儿，把两个花盒儿埋下去，把土堆得老高。

她的眼睛始终红红的，泪水不住地流下来。我的眼睛也不由自主地湿润起来。

好一会儿，秀儿抬起头："人死了，要写对子，你会写吗？"

我茫然地望着她。

"给花儿写对子呀！"她仰起泪脸认真地说。

"我怎么会呢？"她又流泪了。我说："我想了一副，不知行不行？"

"你说吧！"

"花开花落都为花，人来人往总是人。"我说。

她竟说"真好"。要我用棍儿在地上写下来。"都""落""总"三字不会写，我们就回去问温老师。

当温老师和我父亲知道这件事时，竟笑得抬不起头来，说我们"真傻！"

秀儿问温老师："花儿死了，和人不一样吗？"

1974 年，秀儿和温老师随"右派"爸爸去了新疆。

又是桃花盛开的时节了。秀儿，你现在在哪儿？你记得那遥远的、梦境般的桃林吗？还记得我们童年的梦的桃林吗？那令人难忘的桃林！秀儿，回家来吧，我们一同去寻那花儿，去寻那儿的桃林！

怀念狼

儿子下班回来，总看到父亲捧着那本书在看，脸上的表情木木的。儿子就说，爸，闷的话，下楼走走。

父亲抬头看了儿子一眼，没啥。闲着没事，看看书。心里想：满城市的楼房，就连脚下的路都是灰色的水泥地。有啥走头，有啥看头？刚到城里时，儿子陪父亲去了护城河，说是河，那有水啊。就那浅浅涌动着的还是黑色的污水。树呢，叶子上落满灰尘，病恹恹的。都没有了生气。

儿子是个孝顺儿子，大学毕了业，经过一番拼搏总算在城里扎下了根。儿子不愿老父在山里孤零零一个人寂寞，就把父亲接到城里住。

孙子上小学二年级，回到家，就跑到爷爷房子缠着让爷爷讲故事。爷爷讲的第一个故事就是狼外婆的故事：从前，有一户人家把孩子放到炕上就上山了。下午回到家，炕上早没见了孩子。就知道是狼把孩子叼走了。

狼把孩子叼到洞里后，孩子醒了，哭着睁开眼，看到眼前的奶头在晃，叼住就吮起来。吃饱了，就笑，笑的咯咯咯的。母狼看着孩子粉红的脸，又看看和孩子在一起抢着吃奶的三个狼孩，狼没有了吃孩子的欲念。就这样，孩子和三个狼孩在一起嬉闹、成长，渐渐长大了。长大了的孩子总是叫那只老狼“狼外婆”。

晚上，孙子又缠上了儿子，爸，你见过狼吗？

我见过狼吗？儿子想了一会儿，对孙子说，我那时刚考上初中，十一二岁吧，跟你爷爷去他教书的地方读书。你爷爷教书的地方距离咱们老家15千米。天没明我就和你爷爷上路了。路是顺着山梁走的，又细又长。路两边是密不透风的林子。那些柏树呀，松树呀，野枣树呀都看不清，黑乎乎一片，时浓时淡，只看见羊肠一样的小路上白花花的石子像一条带子总在前面延伸。抬起头，锅底一样的天幕上那么多的星星总是眨着眼，一闪一闪的。

你爷爷肩上掮了一根竹竿，有15米长。竹竿的梢子上还特意留下梢叶，在你爷爷的身后忽悠忽悠地晃。

呜——忽然，从对面山梁传来一声沉闷、悠长的吼叫。你爷爷一把把我拉到他的身边，嘴上没说话，但我感觉到他握我的手使了很大的劲，他的手心潮潮的。你爷爷肩上的竹竿晃得更厉害了。

孙子问，爸，那是狼叫吗？儿子说，是狼叫。我这一生还没见过狼呢。就是那次听见狼的叫声，也吓破了我的胆。那时候，林子密啊，就有狼，狼有藏身的地方啊。

孙子还是不满意爸爸的故事，缠着让爸爸再讲狼的故事。爸爸又说，那时候，放了暑假，你大爷，大奶，大爷家的孩子，你爷爷，你奶奶和我们都爱在院坝里拉一张席子，小孩睡在中间，大人睡在外边，凉啊！屋里热，有蚊子。躺在凉凉的席子上，孩子一边听大人讲狼外婆的故事，一边数天上的星星。故事总也听不完，星星总也数不清。院坝边上的瓜架上有一两只萤火虫飞起来，孩子就要去逮。大人就吼："回来！小心苞谷地里钻出一只狼！"孩子就乖乖地回到大人圈里躺下了。

黑地里，猪圈上，鸡舍上，那些用白灰画的箩筐大的圆圈白白的醒目。孩子们知道，那是套狼的。狼一看见这些白色的圈子，就不敢叼猪、叼鸡了。

孙子说，那时候狼真的很多吗？儿子说，那时候，庄稼地多，狼啊，狐啊，兔子啊就多。

父亲还在看那本书。儿子揣摸了父亲的心思。那天下班经过音响店时，听见店里的音箱里是一声一声的狼叫，就走过去问，这盒带还有吗？回答说就这一盒了。儿子说我买了。店主是一个二十多岁的小伙子，从卡座里取出带子交给儿子，怪怪地盯了儿子一眼，丢下一句话，如今这人是咋了？进了100盒五天就卖完了。比超级女声还快啊！

儿子摇摇头。

儿子把盒带给父亲时，父亲的眉头舒展了，说，又破费。接过盒带，装进录音机，按下"播放"键，整个房子里弥漫着野性的空气。

儿子看见父亲扣到桌上的书：《怀念狼》

父亲病了

周敏接到父亲电话的时候是早上九点左右，父亲在那头说，他在县医院，医生让他住院呢。

周敏就问，啥病，要紧吗？

父亲说，昨天中午开始心口疼，也没在意，谁知到了晚上疼得厉害了，吃了两顿止疼片，还是不起作用，今早就来到县上，没想到医生检查后就让住院哩。

周敏就说，好吧，我这就下来！

周敏兄弟两人，哥哥顶了父亲的班远在陕北工作，周敏大学毕业分在边远的小镇上，家里就剩下老爸和老妈二人了。想想老人也怪凄凉的。父母总盼孩子长大，孩子长大了，都像硬了翅膀的鸟儿扑棱棱飞走了，父母却老了。人老了，需要孩子时，孩子们却都不在身边。

父亲得的是心肌梗塞，亚急性。主治医生说，幸亏来的及时，要是迟了，就有生命危险。

周敏暗暗捏了一把汗：平时就知道买东西孝敬老人，也没关心一下他老人家的身体。可以说，自从工作后，回家和父母坐下拉一会儿家常的话都没有过。周敏去收费处缴了三千元，回到病房，看到扎着吊针的父亲安详地躺在病床上，母亲坐在父亲的脚下，两手搁在膝盖上，面无表情，木木的。周敏的心一沉，知道一贯胆小怕事的母亲心事重重了。周敏第一次细细打量起了父亲。父亲是老了，脸庞瘦了，黑了，不用说花白的头发，就是眉毛、胡子里都夹杂有了白色。想当年，父亲可是一名野外工作的地质队员啊！父亲的身体多棒呀，走起路来老远都能听到咚咚地响。唉！平时只知道忙，咋就没注意父亲老了呢？

第七天下午吊完针后，父亲的精神明显好多了。周敏的妻子、嫂子、姐姐都来到了医院。一家人有说有笑的，父亲的脸上来到医院后第一次露出了笑容，气氛一下子好了。

父亲说，我这一病，花了一模糊钱，把娃们都带累的……

周敏嫂子就说，花钱事小，只要您老身体好了，就是我们的福！

周敏的妻子也说，挣钱就是要花的么，幸亏发现得早！

周敏的姐姐说，爸，常言说‘养儿防老’。该花的就要花呀！这也是我们做儿女的应该花的啊！

周敏没有说什么。说什么都是多余。

两礼拜了，父亲开始能下床去病室外活动了，就嚷着要出院。那天早上会针时，主治医生用听诊器在父亲的胸腔来回听了，又用手这儿敲敲，那儿摸摸，又让把昨天拍的片子拿来，对着窗外的阳光看了，说，病情咋未见好转？弄不好要转到西安医附院做心脏搭桥手术！

好像晴朗的天空忽然又阴云密布。周敏和分父母一下子懵了。医生说做这个手术要十几万呢。三个人谁都没有说话。室内的空气好像凝固了。周敏有一种窒息的感觉，呼吸都有一点困难了。十几万，简直是天文数字呀！父亲睡在病床上，老泪纵横，算了，算了，我也不看病了。咱明天就回家。十几万，我命都不值呀！

母亲也是泪水涟涟，说，他爸，医生的话也信不得的。

周敏离开医院去和姐夫商量。

“父亲活活的一个人，能跑能走，你说能不给看吗？”

“可给父亲看吧，这十几万块钱可不是小数目。到哪儿去找啊？”

“话虽说如此，我们咋对父亲说呀？”

“再说了，”姐夫说，“谁又能保证手术就很成功呢？做了有没有后遗症呢？”

周敏没有说话。姐夫又说：“说句不好听的话，十几万做了再落个人财两空咋办？那时后悔都来不急了。”

周敏气呼呼地说：“姐夫，你不要说了！……”

姐夫也不生气，仍说：“你给你哥打个电话，你兄弟两再商量商量吧！”

电话打到哥哥那儿，哥哥说：“敏，我的家底你知道，你看着办吧！让我回来吗？”

周敏生气了，“不知道！随你吧！”

父亲坐在病床上，两手搂了头，没话。母亲泪眼婆娑。嫂子倒好，对父母说："您们不要想恁多。车到山前必有路，就是花个十几万元钱，只要手术能做好，咱就想办法做！"

父亲说；"十几万，到哪借呀？拿啥还呀？"

嫂子说："您还不了，不是还有两个儿子吗！"

周敏心里就自责，两个儿子还不如一个媳妇呢！又一想，站着说话不腰疼，你出去借十几万拭拭？

晚上，妻子对周敏说，你花钱可称着。

周敏说，你少管！

妻子就不高兴了，看了周敏铁青的脸，就把到嘴边的话咽回肚里。

周敏开始托人打听省城医院的熟人，开始四处求爷爷告奶奶的借钱……这时候，从医院传来一个好消息，是嫂子打来的电话。

"周敏呀，好消息！父亲今天做了心脏超声波检查，内一科主任说了，问题不大，过两天就能出院。"

啊?！周敏一下子坐到床上，半天没有起来。

车上车下

这是一趟从山西开往商洛的长途班车。车上乘客多是农民工打扮的人，汽车进了东秦岭不到10公里就上了山顶。秦岭北坡平缓，南坡陡峭，要拐二九一十八个弯才能下到山底，才能有住户人家。这十八个弯最少要15公里。汽车吭吭哧哧地爬到山顶，像人一样刚刚喘一口气，跟车的售票员就开始检票了。票是从前面往后检的。当售票员走到车后时，忽然吵起来了。一车昏昏欲睡的人都激灵起来。

“停车——停车——”

只听售票员大声对司机喊。

车“嗤!”地停下了。

只见售票员左手拿着票本，右手伸出去拽了一个农民工打扮的老人衣袖说，“下去！你们这些人就是这样。惯下这熊毛病了。”

那个老人看样子有六十多岁。皱巴巴的看不出是灰还是蓝的西服里边是褐色的绒衣，一边的领子在外，一边的领子窝在里边。乱蓬蓬的头发有一寸多长吧，其间有干草屑和土粒。瘦瘦的瓦刀脸上皱纹纵横，面上有一层黑油烟一样的东西，像永远也没洗过脸一样。老人哆哆嗦嗦从西服口袋掏出角票说：“这几角钱都给你，让我到山底再下吧。我真的没钱了。”

售票员铁青着脸：“我们掏几十万买车又不是学雷锋哩！都像你这样，你少给一块，他少给一块，我们的生意还做不做？下去!”

老汉嗫嚅着：“不就差几毛钱吗?”

车上的旅客这才知道原来是为了一块钱的事。就有人说，“把老汉拉上算了。下坡路又不烧油的。”

有人说，“走吧、走吧，不就是少收一元钱吗？恁大的生意还在乎一元钱?”

但司机和售票员不答应。司机说，不惯他那瞎瞎毛病！

售票员硬是把那个穿着邋遢的男人推出了车。

这个老人、这个老农民站在冬天的天空下，他的脚下是瘪瘪的蛇皮袋，就像老人身上的衣服一样普通和平凡。周围是秋天的树林，那些黄的、红的叶子在老汉的身边舞蹈，好像在嘲笑老人。

汽车就要发动了。车上忽然站起来一个人，一个中年人、一个穿笔挺西装的中年人，他扶了扶眼镜，对售票员大声说，你叫老汉上来，这一块钱我给你掏！

司机把车停下了。售票员却说，你掏钱也不行！这些农民工不是没钱，是不愿掏那一块钱。这些人干啥都想讨价还价！不要管他！

是啊！这些农民！不要惯他们的瞎毛病！司机说。

已经下车的老汉猛地窜上来。他气得胡子都抖起来了。农民工咋了？你就不吃农民种的粮了？你先人还不是农民？

老汉把他脚下的蛇皮袋一下子解开，里边全是100元票面的现金。看呐，我不是没有钱，可这钱是卖命钱啊！我儿子在煤矿塌方中没了……媳妇儿走了……只留下一个两岁的孙子……

满车的人都愣住了。

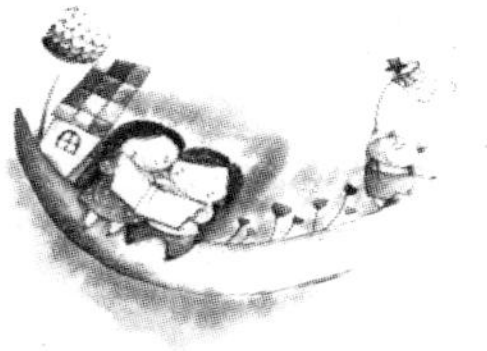

美　子

祥云给炕洞里又填了一把火，就坐到炕沿上。祥云的手把美子额头上的几缕长发拨到耳后。美子睁开眼，瘦削的脸盘上绽出一朵快要凋零的花。“不要烧了，炕很热的。”美子的脸上写满苍白、写满无助。祥云的手伸进被子，握了美子同样瘦削的手，说：“让你受苦了。你要是……”

“快别说了。我既然嫁了你，你走到哪，我都和你在一起！”

美子的眼睛又闭上了。

从县城搬回老家的时候正是冬天。秦岭深处的村庄更是寒气逼人。雪花飘飘扬扬，村庄周围的山坡上，枝枝丫丫的树上挂满了雪花。呼刺刺的北风刮过，又落了一片梨花，漫山遍野。美子把头缩进猩红的棉袍里。冷是冷，但美子的心情很好。和心爱的人走在这富有野味的山地里看雪，也是一种享受啊。

美子爱吃大米、鸡蛋、大肉、豆腐、糖。可是，在这深山里，这一切是多么的不现实啊。带的东西吃完了，手头的银子也不多了。美子就开始跟婆婆学做苞谷糊汤、擀面条。美子很聪明的，不长时间就做得和当地的妇女一模一样了；美子很要强的，美子也能很响地“吸溜吸溜”喝糊汤，“吸溜吸溜”地吃面条了。

美子原来是一天洗一次澡的，现在不行了，热水不方便。祥云就劝她一天洗一次脚算了，隔一段时间洗一次澡。

美子做好饭，先端给公婆、丈夫，最后才给自己和孩子盛。

美子给祥云端饭、端水、递东西都是恭立、弯腰、低头。祥云说：“美子，以后不要这样了……”

美子已经能和村上的人一起上山下地、犁地、锄草了。

“妈……”大女儿秋玲一声呼唤，把美子从往事中唤醒。美子睁开眼，看着炕前站着的女儿，又绽放出一个很艰难的笑容。十九岁的女儿出脱得像田间地头的向日葵，高挑的身材，好看的脸模子。要是在……

1950年的春天，秋玲才刚刚学会走路，美子就随着丈夫祥云从东北回到洛州。那时候，人们都讲究一个“孝”字啊。祥云的父亲早不在了，母亲一人在家。接到母亲托人写的信后，祥云义无返顾地回老家了。美子和姨父告别后，也踏上了南下的火车。坐火车、坐汽车、坐马车，当祥云一家三口安顿在县城西门口的完家巷时，邻里乡亲都来看稀奇。

“祥云的老婆是日本人呢。”

“日本鬼子啊?”

“吓！别胡说。”

展现在人们面前的美子高贵、善良。人们完全把她和印象中的日本人联系不到一块儿。山里人的土话和美子蹩脚的汉语无法交流。美子就写字。美子写的最多的是“毛主席万岁！”“共产党万岁！”

二女儿春玲和小女儿凤玲的哭声又把美子吵醒了。美子的眼里充满忧郁。美子的手反过来握了祥云的手。美子说：“祥云，好好保重您的身体。孩子长大了，两国和好了，带孩子去见她们的外公、外婆、舅舅和小姨。”

祥云点点头，说：“美子，我会的。你要坚持，你没事的……”

美子不易察觉地摇了摇头。眼角涌出了泪水。祥云伸出手去，用手掌抹去了，美子的眼泪又涌出来……

和祥云认识的时候，美子才十九岁，正在长春上日本女子大学。美子本来叫池田美智子，1928出生于日本广岛市安艺郡阪町上条街。美子十四岁时跟着姨父冲田熊大郎到中国长春生活。美子就叫冲田美智子了。姨父是长春市建设厅土木建筑工程师。贾祥云在长春日侨管理处，每当给日侨讲话时，都由冲田熊大郎做翻译。贾祥云多次去冲田熊大郎家作客，见到冲田智美子美丽大方，礼貌待人，就十分倾心。而冲田熊大郎感到祥云这个青年中尉军官，不吸烟、不赌博，举止文雅，一表人才，也就应允了他们的婚事。

美子的眼睛闭着。美子的脸上充满了幸福的表情。泛白的脸颊上似乎有了些许红潮。

“妈!”秋玲看到了母亲的变化，高兴地叫了一声。

祥云的心却一紧。

美子睁开眼，用目光抚摩了丈夫的全身，又抚摩了三个女儿的全身。美子张开口想说什么，但终于没有说出来。

祥云感觉到美子握他的手更紧了。

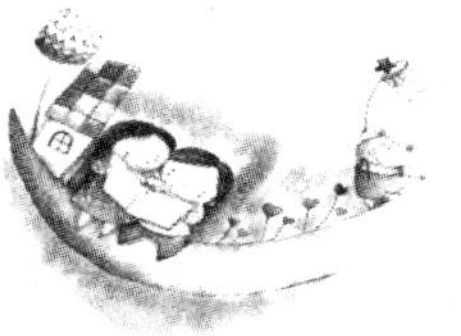

北山王

1947年，县立小学来了一位教国语的女教师，名字很好听，叫刘诗语，大家都叫她刘小姐。刘小姐的个子不很高，却瘦，瓜子脸，眉毛淡淡的，在眉心有一颗美人痣，呈灰色。刘小姐的头发很长，总是梳得很整齐，一根麻花状的辫子长长地垂下来，在屁股后边啪嗒啪嗒地晃。

刘小姐教学生念课文的时候，简直就像唱歌一样，像“革命尚未成功，同志仍须努力！”这样的总理遗训，经她口念出来，都似莺歌燕语，千回百转。

深秋里，向阳的墙根下，刘小姐喜欢搬一把椅子，坐那儿晒着太阳，就开始织一件毛衣。毛衣是褐色的。就有老师打趣：“刘小姐，给贺先生织毛衣啊！”

刘小姐就笑，笑得容光灿烂，笑得很满足、很幸福的样子。

“是呀！是呀！冬天里冷！”

贺勇是刘小姐的丈夫，学校的教师和校长都称他为“贺先生”。

贺先生平常不在家，据说在省城某大学教书，每年寒暑假，贺先生才回家。也就是待一个礼拜，最长十天的样子。贺先生一米八的个子，长得很魁梧，长腿长胳膊，走起路来呼呼生风。人们都说不像个先生，只有那鼻梁上架的一副圆圆的眼镜说明他是有知识的人。

贺先生一回来，刘小姐就更高兴了。走路都哼着歌儿，见了学校教师先打招呼，话也多了，给学生上课从不发脾气。多余的时间，贺先生和刘小姐就待在屋里，很少外出。教师们就说：“两口子半年没见面了，是该亲热亲热了。”

那天下午，教算术的朱先生从刘小姐门前走过，听到刘小姐和贺先生吵起来了。

贺先生说：“你不能光顾着自己啊。”

刘小姐说："我这也是为你好啊。"

贺先生低声说："无论如何，我明天要走！"

刘小姐说："就不能多待两天？"

"不行……"

"哗啦！……"

屋里有东西摔碎的声音。朱先生推开虚掩着的门，只见刘小姐扑在贺先生的怀里哭起来，脚下是一盆摔碎的花——君子兰。

朱先生尴尬地退出来，拉上门走了。

贺先生又走了，学校教师都说，大学教师不比咱们，工作忙啊！

那一年，县城北山有一股土匪，经常摸进县城打家劫舍（当然劫的都是富户），有时候还夜袭保警队，搞得县城人心惶惶，县长就给保警队大队长王力下了死命令，让他调集全县保警力量，务必在十月底剿灭这股土匪。

王力调集了各区保丁，合同县保警队500多人，开到洛河以北的驾鹿山，一个月了，却连土匪的人影都没见到，正垂头丧气地往县城撤退的当儿，在洛河边上，却遭到了匪徒的痛击，死伤过半，狼狈而归的王力也差点丢了性命，大腿根部中了一枪，到后来落了个跛腿。

满县城就传开了，说那股土匪了得，为首的头子人称"北山王"，一口关中腔，大个子，还戴着眼镜，枪法却出奇得准，狠，不是百步穿杨，而是百步打眉心，每次打仗，他总冲在最前头，左右开弓，一嘣一个准，那些土匪就不要命地跟了他冲。

就有人说，那人是刘志丹手下的人。

言传归言传，谁也没见过，老百姓谁敢见他呀！

放寒假了，贺先生又回来了，一身笔挺的中山装，上衣口袋插两支自来水笔，戴着黑呢子礼帽。大街上，刘小姐挽了贺先生的胳膊，真是小鸟依人状，贺先生的话不多，就喜欢在县城东转转，西逛逛，有时候站在县政府门前凝视一会儿，嘴角就不易察觉地露出笑容，大雪天，贺先生还携了刘小姐登上城西的燕子山，极目远眺西北方，那秦岭外边就是西安呀！又收回目光，看着空旷的干河，看着燕子山下蜿蜒的县河，就轻轻叹一口气。

1949年，人们谣传解放军要进城了，天下要变了，这年冬天，县城爆出一个大新闻：北山土匪和县城以西马角山另一股土匪火拼中被打散了，为首的“北山王”子弹打光后，被活捉了。

县长掏钱把他押了回来。

公判那天，县城里人山人海，街道，河滩都拥满了人，像看戏一样，四乡八村的人都来了，为了一睹传说中的“北山王”一眼，刘小姐没有上街，一个人在房子里哭了一天一夜，有上街的教师回来说，那土匪头子咋就和贺先生一模一样啊！

刘小姐揉着红肿的眼睛说，哪能呢……

来年春天，解放军终于从河南卢氏进入三要，一路往北，经古城，景村，顺干河开往洛城，国民党县长看大势已去，连夜带几个亲信跑了。

庆功大会上，新县长首先代表新政府发出通告：共产党洛城北山支队队长贺勇同志永垂不朽！

刘小姐这回放声大哭：“贺勇啊，眼看要解放了，我们就要结婚了，可你……”

小巷名人

县城虽小，小得像镶嵌在莽莽大山之中的一颗名珠，小是小了点，但在大山的陪衬下，却也显得小巧玲珑，招人喜爱。这几年，城市建设日新月异，早已不见了低檐瓦舍，取而代之的是高楼大厦。只有位于县城中心的禹门巷特意保留、复修，维持了县城原古的风貌。巷宽不足五米，巷长二百米有余。两边青砖黛瓦，圆柱木门，留给人们一片返璞归真的天地。早上起来，阳光就照了巷子西边的一溜房子，巷子里的人就依次卸了板门，整理货物，开始了一天的营生。沿巷有卖成衣的、有卖布匹的、也有卖日杂百货、油、盐、酱、醋……

没有汽车喇叭的鸣叫，没有迪巴噪人的音乐。有的是从后山流下、过小巷而潺潺的一股溪流，有的是杂货店老头若断若续的声音，间或从谁家的板门里走出一只老母鸡，或溜出一条黄狗……县城的老人就爱在夕阳西下的时候来这里转转，寻找一分安宁，寻找一分失落，更多的是追忆逝去的岁月。从巷南头进小巷五十多步，有一个修鞋的老头，春夏秋冬，总是早上九点钟准时摆摊，一台修鞋机、一张铺开的塑料布上摆了鞋底、鞋跟、废旧轮胎皮子、钉子、剪子、刀子、钳子，顾客坐的一条长凳子，老头坐的一把旧马扎。

老头姓张，祖居县城禹门巷，现年七十有六，常年喜欢穿一件深蓝色的涤卡中山装。他很庆幸政府把小巷规划为保护区，让自己的三间瓦房保留了原址原貌，要不是这一政策，早不知搬到城东或是城西了。两间房租出去了，这一间老头就自己住。孩子们都像硬了翅膀的鸟儿扑棱棱飞出去创造自己的新天地。儿子大学毕业，在政界混了几年，如今在县府组织部任职，还是办公室主任呐。儿媳在县中医医院上班。他们自己买有商品楼，一百四十多个平方。儿子几次想把老张接过去住，都被老头谢绝了，说是那楼太高，不挨地，住不惯。女儿在邻县工作，也要接老爸去住住，说那儿气候好，冬暖夏凉。老张说，你妈的灵位在老屋，我一走，她逢年过节回家就找不到我，太冷清了。儿子、女儿就劝他，那就别摆摊了，冬冷夏热的，我们能养活你。老张就说：别看轻了这活计，那几年可是它养活了咱全家，供养你俩上的大学呀。再说了，我干了一辈子，咋一放下，这心慌、手痒……儿女们也就不再劝他了。

张老头修鞋的手艺好极了。经他手修出来的鞋，不走形、不变样，结实耐穿。张老头的脾气更好，鞋修好了，看着给钱，一毛钱不少，一块钱不多。更有甚者，小么零碎的活儿，干脆就不收钱。这样，张老头的生意就特别好，从早上坐下来到晚上收摊，小摊前总是坐满了人。修鞋的多为女人，又多半是穿着光艳的少妇。来时提一兜儿旧鞋，愁眉苦脸；走时脸上挂着满意的笑容，欢声笑语。这些人中有小家碧玉，也有大家闺秀；有平头百姓，也有达官眷属。就有和老头熟悉的人开玩笑：张老头都被美女包围了。张老头就笑：老骨头了，有啥吸引力？

外地人到了县城，转了东头的广场，游了西头的乐园，去了穿城而过的洛河，荡了坝上的小船，无意间走进小巷，却被这原汁原味的风貌震慑住了，大气也不敢出，仿佛时光一下子倒退了五十年。轻轻地走，慢慢地看，就见到了被美丽女人包围了的张老头，这人就有意把脚上的皮鞋撕脱胶了，坐下等张老头收拾。鞋修好了，就和张老头拉家常，打听这县城的历史，这穿城而过的洛河的历史。张老头就高兴了，一边做活，一边就啦呱开了。从隋朝开国，一直讲到民国灭亡，讲了城里文庙的石碑，城东药王庙的复修，还有“阳虚鸟迹”、“元扈凤图”、“书堂雪花”、“石门烟雾”、“文显翠屏”、“银河白练”、“鹿池夜月”、“红崖朝霞”洛城八景。什么“九燕扑馒”、“洛水吼堂”等小八景和仓颉造字、洛水出书等传说。又说这禹门巷就是当年大禹治水三过家门而不入的地方。那人就很满足，掏了好猫烟直往张老头手里递。

你如果要打听县上文章写得最好的人，问一百个人就有九十九个不知道，但你要问县上谁鞋修得最好？随便在街上拦住一个人，他们都会告诉你：去禹门巷吧，找张老头！

张老头的出名还有一段故事呢。

说是某一年的冬天，张老头的摊子前来了一位穿貂皮大衣的女人，脚上的高筒皮靴拉链坏了，让张老头修。张老头说，你稍微等一下，这只鞋马上就好。那女人就不耐烦，说是她有事，让张老头马上修，她给十元钱。张老头说，干啥都有个先来后到，况且前边这位修鞋的是一位中学生，马上就要上课了。硬是把那学生的鞋修好了，才给那女人拾掇了拉链。那女人走时气冲冲地扔给张老头一元钱。张老头喊她也不听，就转身走了。

天都黑了，老头还没收拾摊子，左顾右盼，着急万分的样子。

快十点，穿貂皮大衣的女人和一个年轻的男人匆匆赶来，见了张老头就着急地问：大爷，你见我的存折了吗，一万元呐！张老头紧蹙的眉头舒展开来，好像丢钱的是他自己而不是那女人。张老头说：别着急，坐下说。你叫啥名字？那男的说：她是咱县上城建局局长的爱人，今天不小心把一张一万元的存折丢了，那是给她母亲看病用的。张老头说：啥名字？啥名字？那女人说：张毓。老头就笑了，叫了隔壁的王大庆，让大庆当面把存折交给那女人。这情景正好被从此路过的县电视台的摄影记者看到了，就拍下来，在周末话题上播演了。

张老头一下子就成了全县的名人。

禹门巷还是那么小，做生意的人依然在做他们的生意，小溪还在汩汩地流着，杂货店里仍不时传出历世沧桑的弦音，外地来人仍要来这里徜徉，城里的老人也常常来这儿溜溜，而那些女人们，那些衣着艳丽的女人们却很少光顾这儿了。

张老头在度过了78个冬天后，终于在那个冬天的最后一个夜晚，安祥地闭上眼睛，永远地沉睡过去。

春天里，那个脱了貂皮大衣的女人从禹门巷走过，走着、走着，就停住了，望了张老头那挂了铁锁的木门，怔怔地、怔怔地呆了一会儿。

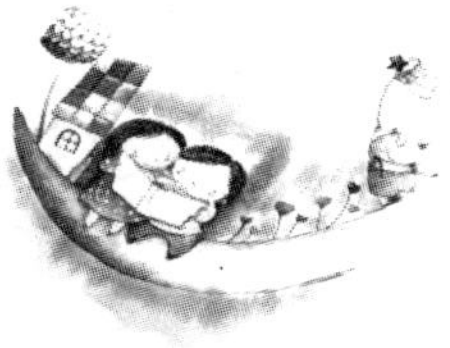

理　由

这是一个俗不可耐的故事。但王小妮的理由总是让我不能忘怀。

王小妮是我们上高中时的班花，也是我热恋了六年的女朋友，这六年是指高中三年，大学三年——王小妮答应我，等大学毕业，找到工作，我们就结婚，就生孩子，就圆我父母抱孙子的梦想。

王小妮学的工商管理专业，我上的是大学中文系。虽然我们不在一个城市，但 QQ 和 E-mail 让我们天涯咫尺，我们的恋情因了网络的虚拟更浪漫，因了距离的阻隔更热烈。大三那个“五一”长假，我和王小妮在我所在的城市疯狂了一个礼拜。我们去海滨游泳，去 KTV 唱歌，去酒吧喝啤酒，去出租屋疯狂做爱。

你一定以为我和王小妮的婚姻水到渠成，顺风顺水。如果这样你就大错特错。王小妮最终没有嫁给我是大学毕业后第二年王小妮找到工作后的事。王小妮大学毕业两年了都没有找到工作，我一个刚参加工作的孩子王也没有能力给王小妮找到工作。虽然我也找人跑路花钱堆笑脸但结果还是王小妮包括王小妮的父母脸色像秋天霜打的茄子一样难看。这时候，我们包括王小妮和我的父母心思都已不在结婚上了，而是在王小妮的工作上。

王小妮的工作解决了，我和王小妮的恋情也走到了尽头。

给王小妮工作的是县税务局的局长，王小妮得到工作的付出是嫁给局长脸部严重毁容的儿子。局长儿子的左脸是一道道蚯蚓一样的肉瘤，据说是被人用硫酸烧的。这样他的嘴巴就向左上方翘着，说话就有些露气，就有些吐字不清。当然了，局长的儿子有个好单位，王小妮有了好工作。王小妮在婚礼前的那个晚上约我去了“月满西楼”。王小妮说，我们再做一次吧，请你理解我。我的小弟弟也很懂事很听话，那晚特别安静。我说，王小妮，你他妈的不是人！我操！王小妮说我有我的苦衷，我有我的理由啊！我说我操！

王小妮结婚了，我也要结婚。

我结婚的对象是我们学校新分来的女大学生。我老婆常常学香港电视剧里的女人叫自己男人老公而不分场合地喊我老公老公，我也就常常喊她老婆老婆。我老婆没有王小妮长得好。王小妮瘦，我老婆胖，王小妮高，我老婆矮，王小妮白，我老婆黑，王小妮皮肤细，我老婆皮肤粗，王小妮是天上的仙女，我老婆就是地下的村姑。我把王小妮当仙女一样敬着，我老婆把我当皇上一样供着。供着供着，王小妮就从我的生活中消逝了。

时间过得可真快。一转眼，我们已是四十多岁的人了，我们的孩子已经和我们当年一样上了高中，就要冲刺高考了。高考前的某一天，学校开家长会。老婆对我说，这次你去吧，我有几个学生参加中考，我收了学生家长的钱就要对人家负责——补课。我只好打电话给牌友，老婆有令，暂不奉陪。台上高考专家在侃侃而谈，台下我在腾云驾雾自得其乐。同志，请您不再抽烟好吗？冷不丁从隔壁传来这一声不温不火的声音。我扭过头，见是个穿一身火红色裙服的女人。我理也没理她，继续抽我的烟。你这人怎么是这样……我这人怎么了？我又一次扭过头，把咄咄逼人的目光投向那个女人。女人说不懂得被动吸烟比主动抽烟危害更大吗？你……你是大海！（随便交代一句，我叫童大海）。我是大海怎么了？我是大海就不能抽烟了？不是，不是，你是真的不认识我了，还是……我这才觉得这个女人在哪儿见过似的就是想不起来。女人说，我是王小妮啊！

王小妮？不会吧！王小妮没有这么胖，王小妮没有这么矮，王小妮没有这么黑，王小妮脸上的皮肤也没有这么粗。王小妮是天上的仙女，这个女人怎么说她是王小妮！女人见我惊讶、迷茫的神色，又一次说，我是王小妮啊！我哦哦的应着。王小妮说她女儿今年参加高考，想必我孩子也参加高考了。我说是的。王小妮说她公公退休了，想必我父母也退休了吧。我说是的。王小妮说一转眼孩子都和我们当年一样大了，时间过得真快。我说是的。王小妮说你怎么光会说是的，你就不会说说这么多年你是怎么过来的吗？我说我结了婚娶了老婆生了孩子我和老婆教书孩子上学完了。王小妮说你还在生我的气？还在恨我？还在怨我？还是不能原谅我？我当年是有理由的啊。我说是的。

那天晚上我回家很迟。老婆说她补课结束回到家已经11点了我还没有回来。老婆说我回到家已经是凌晨两点了。老婆说我回到家时已经酩酊大醉了。我说我不知道我在哪里喝酒了。我其实知道我和王小妮开了房，我也知道我后来去一家酒吧喝了一扎啤酒一瓶太白一壶藏。

王小妮后来做了我的情人。王小妮说和那个鬼脸男人做爱简直就是下地狱。王小妮说她已不是局长的儿媳妇了，因为局长早已不是局长了。她只是那个鬼脸男人的老婆。王小妮说做你的情人我是有理由的。我说是的。

一辆自行车

那时候，我是多么想拥有一辆自己的自行车啊！

我二哥就有这样一辆崭新的“飞鸽”自行车。前后大腿和大梁用彩带层层包裹得很漂亮，更漂亮的是在车把两端用红绸儿扎了两个红缨缨，红得耀人的眼。我常常在他不在家时偷偷骑出来在同学面前显摆。

赖小惠是我最要好的朋友。他把我堵在了学校门口说他媳妇来了，和他媳妇一起来的还有一个女孩子，现在要把她们送回去。我问，你怎么有媳妇了？他说，家里给定的，已经“换了手”，就是媳妇了。赖小惠叫我是看到我今天骑了辆崭新的自行车。赖小惠说，我带我媳妇，你带洪缨缨吧。我看见和赖小惠媳妇站在一起的女子穿了一件月白色短袖汗衫，脸上的粉是抹得有些厚了，不过她的瓜子脸和脸上那两只骨碌碌转的眼睛还算漂亮。她冲我一笑，露出两颗好看的虎牙。突然泛红的脸蛋和我车把上的缨缨一样红。

车子从镇上到四皓桥一路顺风。秋风把公路两边白杨树的叶子像翻书一样翻得哗啦啦响。这样的风吹在脸上也是痒痒的舒服。洪缨缨的双手像赖小惠的媳妇一样交叉了环在我的腰上，我浑身上下好像有成千上万只虫子在咬。我看着车把上的红缨缨，想着身后坐的女子名字也叫洪缨缨，心里就有点好笑。我对身后的洪缨缨说“你的名字真好听。”她说“我妈生我时我哥正拿着红缨枪在院子里耍哩。”我们俩都大笑起来，车子就险些上了路边堆的粪堆，有几次差点进了路边的水渠，但都在洪缨缨夸张的尖叫声中化险为夷。有一瞬间我在想，要是把洪缨缨说给我当媳妇该多好啊——要知道我们家三个光葫芦，我老小。我妈总是在别人羡慕她有三个儿子时说，长大了怕是说不下媳妇呢。

车子翻过四皓岭，就上了才修的毛坯公路，赖小惠对他身后的媳妇说，把我抓紧。我也对我身后的洪缨缨说，把我抓紧。洪缨缨的手就紧了一些，胸部就贴在我的背上。我又一次看着车把上的红缨缨，感受着身后这个也叫洪缨缨的女子贴在我身上的温柔呢，车子像一匹脱缰的野马，向沟底冲去。我双手把刹车握死了，可车子丝毫没有停下来的意思。我知道刹车已经不起作用了，还没有等我想明白后果我已经和洪缨缨滚在了一起。洪缨缨的鼻血流下来，用手一抹，手上也是血流成河。我站起来要帮她，才知道我的手和膝盖也擦破了。我们相握的手血流在了一起。

赖小惠在前面走好远了，没有看到身后的我们才又倒转回来。赖小惠的媳妇搀了洪缨缨去河边洗脸上、手上的血。赖小惠用手摸了我的膝盖说，不要紧吧？我说咋不要紧，要紧得太太！这会儿，我心里最要紧的是身边同样躺在地下的自行车，摔得变形、擦破漆的自行车。用了一年时间去南边山沟里挖药才买回的自行车是二哥的命根子。我懊恼今天不该偷骑二哥的自行车显摆自己，不该遇着赖小惠和他媳妇以及洪缨缨。车子摔成这样，我咋给二哥交代啊！

过了两年，父亲学校的老师给二哥说了个媳妇。没想到这个媳妇就是洪缨缨。洪缨缨见到我不好意思地笑。第三天，二嫂带着二哥回门去了，他们回来的时候，给我推来一把崭新的自行车。我说我不要，要买我自己挣钱买。二嫂说，给你就拿着吧！我没有要新的“永久”，而要了旧的“飞鸽”，但我把车把上的红缨缨儿，卸下来，还给了二哥。二哥在一瞬间的惊讶后笑了，二嫂也笑了，我也笑了。

狗日的村长

村长和大贵的媳妇发生关系了。这“关系”不是一般的关系。满村的人都知道了，就是大贵不知道。大贵在山西煤矿挖煤。挖煤那活和生命打交道，危险是危险可能挣钱。大贵一没文化，二没本钱，三又缺钱。大贵就上山西私人煤矿挖煤了。

大贵是腊月二十三回家的。黑灯瞎火里，大贵和媳妇做那事时，媳妇就给大贵说了。媳妇说村长欺负她。媳妇说，你大贵不争气。跑到山西挖煤，村里人都看不起，村长就欺负我。大贵说，村长咋欺负你了？打你了？骂你了？还是睡你了？媳妇说，村长睡我了，不是一次两次。大贵就说，看我咋收拾他！媳妇说，你咋收拾他？他是村长，有权有钱。村里人都让他三分呢！

大贵说，我有办法！

腊月二十四日，村长家的人都没在家。大门却没上锁（山里人家出门下地都不用锁门的）大贵就从自家茅厕里舀了一桶人粪尿，揭开村长家的锅盖，把一桶的秽物倒进村长家的锅里。

大贵从村长家出来的时候，迎着村民惊讶的目光，窃窃私语的嘴巴，昂首挺胸，阔步前进，像一个得胜的将军。回到家，大贵对媳妇说，看我咋收拾他！

村长和老婆从地里回来，一进大门，就闻到一股难闻的气息。村长老婆捂了鼻子，用右手做扇子扇来扇去，说，啥味？这么臭？村长老婆进了屋，发现臭味是从锅里传出来的。揭开锅盖，一下子就晕了过去。

村长老婆醒来后，站在大门外骂街。就有人给村长说了，看见大贵从村长家出来，手里提了大粪桶的。村长老婆就要去大贵家拼命。村长拉住老婆说，看我咋收拾他！

村长从家里推出八成新的飞鸽自行车。左腿一挎就飞也似的向镇上去了。下午五点，派出所来了三个警察。一个背着手，一个拿着照相机，一个拿着明晃晃的铐子。背着手的警察站在大门外和村长抽烟，拿照相机的警察围着锅台“啪啪”地拍照，最后拿铐子的警察去大贵家把大贵铐走了。大贵说，村长和我媳妇有关系。背着手的警察说，有关系到派出所再说！大贵说，村长和我媳妇睡觉了，我才给他家锅里倒茅粪的。那个拿铐子的说，睡觉不是强奸，是同居。定不了罪！

大贵就没了言语。

这件事的处理结果是：大贵家把村长家的那口锅拿回去用。大贵家给村长家响1000响的鞭炮。大贵按《治安管理处罚条理》被拘留十五天。

过完春节，大贵要回家了。大贵问所长（那个还是把手背在身后的警察），我媳妇让村长白睡了？我要告他狗日的！

所长说，告他？要有证据，你有吗？

大贵说，啥是证据？

所长说，比如村长的裤头。

大贵说，谢谢所长！我知道了。我要告他狗日的！

大贵回到家，给媳妇咬牙切齿地说了如此这般这般。媳妇鸡啄米般点头。

过了正月十五，大贵又去山西挖煤了。大贵媳妇看见村长从她家门前走过，就招呼，村长嗳，到我家来坐坐。大贵走了，去山西了。

村长说，不了，不了，惹不起你还躲不起吗？

大贵媳妇说，村长说哪里话？大贵没知识，你村长不和他一般见识啊！

村长就进了大贵的家。大贵媳妇说，村长还没吃饭吧？说着就从房梁上取下一吊腊肉，从泡菜缸了捞出酸辣子、酸豆角、三下五除二炒了两盘菜，又从门后的缸里舀了两碗高粱酒，就和村长喝起来。两碗酒下肚，村长说，我要走了。大贵媳妇说，村长不和我睡觉了？村长说，害怕你大贵又给我家锅里倒茅粪。嘴里说着，手里的手机摁来摁去。说我在给你照相呢。

村长还是和大贵媳妇睡了。大贵媳妇在黑夜里用大贵准备的裤头换了村长的裤头。并且用村长的裤头狠劲地擦她的下身。第二天一大早，大贵媳妇就到镇上给大贵打了电话。她说，大贵，快回来，我弄到证据了。

大贵回来的时候，先去了镇上派出所。大贵找到所长，给所长发了一支白沙烟，说，所长，我找到证据了！狗日的村长！

大贵和媳妇用一块红布包了村长的裤头来到派出所，小心翼翼地打开，放到所长的办公桌上。所长骂了一句：狗日的农民！没素质！一扬手，大贵的证据就飘到桌子下面去了。

村长也来了，村长来的时候，带着他的手机。村长对所长和大贵说，我给你们放一段录像。村长的右手大拇指一摁，就听见大贵媳妇说，村长不和我睡觉了？下面就是村长的吭哧声和大贵媳妇的呻吟声……

大贵一下子傻了眼。

绝 招

市场里做生意的不外乎是两类人，一类是坐店经营的，一类是摆摊兜售的。摆摊做生意的劳累一些，但成本小，不出房租，这一部分钱就是挣下的；坐店经营的，成本要大得多，但人不受累。坐店经营的往往看不起摆摊的。摆摊卖货的人一般都在市场里找一家坐店经营的，晚上把货物寄存到那里，白天再拿出来摆。双方谈好每月拿多少钱，一年一结。这样，摆摊的人方便，坐店的人相应地降低一点经营成本，是双方都有利的事。

爱玲租房营业时，淑芳就说了，把我的货晚上寄到你那儿，一年给你拿六百元。爱玲当时没有说啥，第二天给淑芳说，谁谁谁把货寄在谁谁谁那儿，一年八百的。淑芳一愣，紧接着就说，也行！就照你说的办。

淑芳的货晚上就放在爱玲那儿，这一放就是一年多。大多时间，爱玲把门开了，淑芳也就来了，搬凳子，搬箱子，搬袋子，手上戴了加厚手套，腰上围了粗布围裙。这时候，爱玲就翘了二郎腿，坐在靠背倚上，悠闲地看淑芳吭哧吭哧地搬东西。她眼里是鄙夷和不屑，心里说，搬快些搬快些，不要耽搁了我做生意。

爱玲有事耽搁不能开门了，要么去西安进货，要么回老家有红白喜事，就把钥匙交给隔壁的老刘。淑芳来了就找老刘拿钥匙开门，然后往外搬东西；淑芳有事耽搁不能摆摊了，也提前来把货物搬出来，不能影响了爱玲做生意啊。

有一次，爱玲临时有点事，就把钥匙交给淑芳的男人，说，把货搬了，千万记着把门拉上。门是卷闸门，用铁钩往下一拉就行了。但那天淑芳的男人搬完货后可能有事打岔了，竟然忘记了拉门。爱玲办完事回来，看见大门敞开着，房子里正好就有两个人在看她的裤子——爱玲经营的是大人裤子——爱玲赶紧和买主谈生意，生意没谈成，爱玲一下子就生气了。爱玲来到淑芳的摊子前，淑芳的男人早走了。爱玲就在淑芳面前发了一大堆牢骚。淑芳赔了不少不是，大骂男人不是人。

后来有一天，淑芳的男人早早来到市场，爱玲却没有开门。等到八点了，问老刘，回答说，钥匙没在他那放。淑芳的男人就说，没听说爱玲今天有事啊？有事也该打个招呼的，我也就不来了，近十里路呢。淑芳随后来了就打爱玲的手机，系统提示“你所拨打的电话已关机”。淑芳的心里就很不是滋味。淑芳和男人回家了，中午下城来办点事，就来爱玲这儿看看，门却开着。爱玲说，临时有点事，没顾上打招呼。淑芳说，我打了电话的。爱玲说，是吗？我的手机刚好没电了。

后来的后来，淑芳和男人把货都收拾好了，搬到爱玲的房子跟前了，就是进不了门。老刘说爱玲早不给他那儿放钥匙了。已经等了近三个小时，人影不见，打电话不接，再打，关机了。看着周围做生意的人乜斜过来的眼光，淑芳心里像打翻了五味瓶，酸、甜、苦、辣、咸……不知是什么滋味。总之就是一种难堪、一种屈辱。

淑芳和男人在众目睽睽下，只好去求附近的老乡，把货暂时放到他那儿。

淑芳的货不在爱玲那儿放了。二人见面形同陌路，谁也不问谁一句话。淑芳也不追究爱玲那天晚上为啥没来，爱玲也懒得解释。

这年腊月，生意正红火着，淑芳来到爱玲的门市部，只说了一句话“明天把房子腾出来！”爱玲知道她租的房子明天到期，可房租到期不到期关你淑芳屁事？爱玲理也没理淑芳，心里说看把你耍得大的。晚上回家和丈夫说了，丈夫说，我们明天去找一下和我们填合同的人不就结了。第二天，他们找到填合同的人，那人说，真正的房主其实就是淑芳，她是因为本钱小，负担重，不想进房子。把房子往外出租吧，在市场出面又拉不下脸，就让他出面填合同了。他和淑芳的男人是弟兄的。爱玲傻眼了。货刚进回来不到一个星期，一年的生意就是腊月做哩。原来想着房租到期就续合同的，没想到房主竟然是淑芳。

第二天，在市场做生意人各种各样意味的眼光下，爱玲低着头，搬出了她才进回不久的货。

淑芳站在一边，手里把玩着那把金黄的钥匙，嘴角露出意味深长的笑容。

小城名脸

上善第一次上洛州电视台亮相时，普通话说的并不好，唯一能上镜的也就是那张脸，白净，英俊，整个一奶油小生，油头粉面的。若水说他，你还是个男人吗?

上善不是电视台的专职人员，是兼职。小城是一个偏远山区县城，在上世纪90年代县广播站升格为广播电视局，小城破天荒有了自己的电视台。电视台招收播音时，最关键的是形象和普通话，而这两点上善恰好都占住了，更重要的是，上善本来就是小城文艺圈里的才子，写的文章都上了全国大报大刊的。上善是外优加内秀而过五关斩六将，最终成了小城电视台的第一位主持人。

前面说过，上善在电视台做主持人是兼职，他的真实身份是教师进修学校的中文教师。上善在电视台的工作也就是每晚现场播报“洛州新闻”，大多时间还是在学校和家里度过。若水心里美滋滋的，全县五十多万人都在看着上善，城区大小单位干部职工都在羡慕、嫉妒上善。上善简直就是小城的“央视名播”了。若水走起路来也如船行顺水，春风得意的样子。常常，若水就从梦中笑醒了。

电视台慢慢成熟了，不再是直播新闻和科技讲座、农业知识、天气预报，有了自己的一个品牌节目——周末话题。周末话题是就群众关注的问题每周现场邀请嘉宾和主持人面对面给观众一个说法。这个节目深受观众的喜爱，节目播出时，可以说是万人空巷。当然了，这个主持人就是上善。这个时候的上善普通话已经说得很标准，在电视上的形象更自然和成熟。他已经由奶油小生成长为成熟男人了，他的脸上有了刚毅和坚韧，棱角分明的脸部轮廓让小城多少女人暗中喜欢，也让多少男人看着自己的女人对上善的表情而嫉恨。

若水在为上善成功而激动、而欣喜时也有了小小的担忧。

社会在发展、时代在前进，小城的经济和文化在中国经济腾飞的大背景下也有了很大的飞跃。政府提出“三强一市”的远大目标，做陕南农业强县、工业强县、文化强县，争取撤县设市。文化方面政府的举措是拿出钱来办晚会，教师节晚会、春节晚会、元宵节晚会……在这种晚会上就需要对得起全县人民的主持人，并且不是一个人就能行的，最常规的也是一男一女主持了。年轻、漂亮、性感的女主持人身边站着的仍然是上善。这时候上善已经过了“四十不惑”的年龄了，俗话说“女人四十豆腐渣，男人四十一朵花”。四十多岁的男人才是男人一生中最辉煌的时期，成熟、干练，少了年轻时的浮躁和轻薄，有的是内敛和成功。上善这张国字脸因了身边那张俊俏的瓜子脸的陪衬更让小城家喻户晓，上善已经是小城名脸了。走在街上，就会有女孩指着他对身边的女孩说，看到了吗？他就是电视上的男主持人，小城名脸嗳。

上善在电视台的工作多了，在家待的时间就少了；上善身边的女人多了，上善对自己的女人就无意中冷落了。若水感觉到了这一点，若水开玩笑说，上善，都是你那张脸惹的祸，你要是再不回家，当心我毁了你那张脸。上善说，工作忙啊，你没看见我整天忙得后脚踏着前脚脚后跟嘛。今天市里来人了，我要陪着做节目，明天省里来人了，我又要去陪着采访，忙啊！若水就说，只要不在女人身边忙就行。

说归说，上善还是做他的主播，还是做他的主持，还是和年轻的女人口若悬河地侃侃而谈。儿子上自习去了，若水一个人窝在沙发上看着电视里着大红唐装的上善和穿露胸白纱裙，戴鹿皮长筒手套的女主持人春风满面地调侃，夸张、搞笑的动作，若水的心里像打翻了五味瓶一样不是滋味。上善的脸在若水的眼里模糊起来。

上善主持的春晚节目参加了市里的春晚评奖，得了一等奖，市长点名要上善去市电视台当主播。上善办好了学校的一切手续，交接了电视台的一切手续。上善收拾好自己的东西，要告别若水出门了，若水在厨房喊，上善，上善，快来帮我看一下眼睛，我的眼睛进了一只蚊子。上善急忙赶到厨房时，若水手上还提着开水瓶。若水的眼睛闭着，很痛苦的样子。上善刚走近若水，惨剧就发生了——上善脚下一滑，踩到了西瓜皮上，撞倒了若水手中的开水瓶，开水泼到了上善的脸上和若水的脚上……

上善的脸因严重烫伤而失去了电视台的工作，又重新回到了学校。若水跛着一条腿，脸上很幸福的样子。

打工归来

明子在火车上想了一天一夜，都没有想出一个好借口：说啥理由和老婆离婚呀。

从省城到家乡还要坐四个钟头的长途班车。明子脑海里一会儿是和妻子敏玲在一起的时光：早上起来，小两口也顾不上吃一点东西，就拿了农具去责任田里忙活了。回到家，妻子擀面他烧火，妻子喂猪他洗锅。到了晚上，小两口拥在被窝里看电视，看着看着妻子就在他怀里睡着了……一会儿，明子又和佳仪在一起了。佳仪是明子在广东打工时认识的女朋友。佳仪比明子迟来一年，是明子带的徒弟，湖南妹子。佳仪长得水灵，说话又乖巧，是上了民办大学又无工作而出来打工的。佳仪给明子当了一年徒弟，就爱上了明子。明子也爱上了佳仪。

那一次，明子在车间裁衣料时，不小心让电剪子把手弄伤了，佳仪忙掏出白亮亮的手帕裹住明子受伤的手，那条雪白的手帕霎时就成红色的了。车间主任是一个五十多岁的老太太，当时就笑了，说："明子有人心疼了，快请我们吃糖吧！"

明子的心里暖暖的，脸上就烧烧的。明子后来看到佳仪的日记，佳仪在日记中写到："看到明子的手血流如注，我真想扑上前去，用我的嘴唇为他止血，可在众目睽睽之下，我只能用我的手帕给他包扎。看到他流血，我的心也在流血，我的心在痛……"明子就知道这女子爱上他了，就感动得要哭。

比起敏玲，佳仪有文化，年轻，漂亮，善解人意，学东西又快。明子给家里寄的钱就少了，工休日和佳仪上街买东西，吃零食，也看新片，也上舞厅。有时候，明子也想起家里的妻子和儿子，心里有一点点愧疚，可马上就被佳仪的欢声笑语挤跑了。两年了，明子给家里寄了两万块钱。在陕南山区，那是不小的数目。明子本来打算再打两年工，回家盖新房，和妻子敏玲在人前风风光光地活。——结婚前，敏玲的父亲就嫌明子光知道读书，不会做生意，在村里光景过的不如人。

现在，明子和佳仪要结婚了。他们俩下了决心，要自己干一番事业。

明子就千方百计找和敏玲离婚的理由，在脑海里搜寻和敏玲在一起的每一个细节，企图找出敏玲的错处。可是，没有！敏玲是那么得完美无缺，像大山深处的一块璞玉，虽然未经雕琢，却有一种返朴归真的美。明子的头都要想爆炸了，一边是佳仪的聪明靓丽，一边是敏玲的善良贤惠……

汽车终于到了家乡的路口，明子下了车，看汽车冒一股黑烟离去，却迈不开脚步。夜色暗下来，明子想，走时儿子才一岁，现在不知道还认得我不？想着，就把给儿子买的食品往上提了提。明子又想，妻子看到他，该是多么得高兴，一定要扑到他的怀里吧！他该怎样抵挡啊。敏玲听到他要离婚的话，该是怎样的吃惊，该会怎样的胡闹？

明子胡思乱想着，二里山路不一会儿就走完了。村里人早都睡了，有谁家的狗在"汪汪"地叫着。明子来到自家的三间土屋前，隐约看到院坝堆放着收回的大豆、苞谷之类。心里就想，真难为敏玲了，这离婚的话咋说得出口呀！

明子走到家门前，刚要举手敲门，忽然听到从屋里传出男人的说话声，就放下了举起的手，敛声静气听起来。

"明子该回来了吧？"是一个男人的声音。

"他早死到外边了，心里那还有我娘儿俩！"是敏玲。

"他给你寄钱呀！"

"钱放到那儿就能吃？钱是死的，人是活的。"

"唉……我说，咱俩这样也不是常法，让人说闲话。"

"不管，等明子回来我就和他离婚！"

"说实话，你看上我那搭了？"

"秋里夏里，不是你给我担，给我挑，我娘儿俩真要吃风屙屁了。"

……

明子再也听不下去了，他一脚把木门踢开，冲进屋里，只听床上乱成一团，明子拉亮电灯，床上敏玲和一个男人用被子裹了身子，惊慌失措……

明子认得那男人是村里的光棍汉抗柱。

坐在西安到广州的火车上，明子拿着很顺利得到的离婚证，心里却一点也高兴不起来。

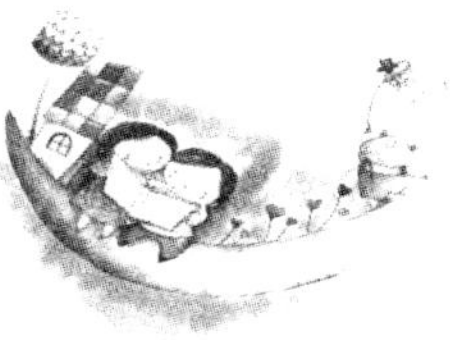

小城诗草

《落霞》是小城唯一的一分报纸，主编鱼得水在第四版特意开了一个栏目叫“诗版图”，每周出一期，专发本地诗歌爱好者的习作。还别说，就是这方小小的阵地竟培养出如才女惠子这样全国知名的诗人呢。

小城升格为市后，《落霞》摇身一变成为《洛城日报》，鱼得水不当主编了，主管文艺版，他仍然保持了他的“诗版图”。每个周末出一期，推出一个，两个有实力的诗人作品，或者有潜力的诗歌爱好者的诗作。“诗版图”在洛城诗歌界以至周边县市文学圈子都有很大的知名度。鱼得水也常常引以为豪，说这是他一生为洛城做出的最大贡献。

这一天，鱼得水收到一份自由来稿，两首诗。署名是李一。鱼得水戴上阔边眼镜看下去：

宁洛桥竣工有感

宁洛相携手，川河架大桥。
交流南北货，友谊万年牢。

洛城今日更妖娆

馒头银塔耸云霄，橡坝清波映五桥。
白玉栏杆七彩阁，洛城今日更妖娆。

看完了也就完了。鱼得水把它放到一边，又去看另一首新诗。这个周末版，鱼得水在“诗版图”里发了相邻那个县两个很有实力的青年诗人的诗作。

上午八点半，鱼得水接到内线电话，主编找他。主编给鱼得水泡了一杯“洛城新茗”，说，老鱼啊，你最近是不是收到一份署名李一的诗稿？鱼得水把那个李一的稿子早忘了，要不是主编提醒，他连李一这个人都记不起来。鱼得水用右手拢起来的五根手指敲敲头发灰白的脑壳，说，你瞧我这脑子！越来越没记性了。哦，想起来了，是有一个署名李一的稿子，好像是两首古体诗。对，严格地说，是很平常、很没有诗意的东西。主编笑了笑，老鱼啊，你知道那是谁写的吗？是市里李市长写的。鱼得水睁大了惊奇的眼睛，李市长?! 不可能吧？怪不得署名李一。也没有通信地址的。主编说，他刚才给我打电话了，说他很喜欢你主编的文艺版的，也是“诗版图”的忠实读者。他还说能入你法眼的作品都是好东西啊。好了，你去忙吧。下期把那两首诗发出来。

李市长的两首诗发表后，他给鱼得水写来热情洋溢的信，说他小时候就很喜欢中国的古典文学，唐诗宋词一直不离身的。鱼得水看着随信附来的诗稿只有苦笑：

题贪官

山外青山楼外楼，贪赃枉法几时休。
包厢熏得官人醉，丢掉乌纱作罪囚。

陕南即景

男男女女遍山冈，种草兴林镇日忙。
秃岭修成金字塔，移民致富奔小康。

发还是不发？这已经不是鱼得水一个人说了算的事。鱼得水只好扩大“诗版图”的版面，在发“李一”诗的同时再发一首自己中意的诗作。有读者打来电话，说“诗版图”变味了，有点臭。鱼得水何尝不知道啊？下期出版时，他把经营了十几年的“诗版图”改版为“小城诗草”。

“小城诗草”没有发几期，让鱼得水没有想到的事情又来了。由于李市长写的诗的发表，小城掀起了一股写古体诗的风潮。政协主席寄来一首词。

一剪梅——洛城

我爱洛城好地方，洛水汤汤，蟒岭苍苍。千秋名胜换容光，猿迹辉煌，鸟迹辉煌。公路条条通四方，货运繁忙，客运繁忙。高楼大厦遍城乡，百业荣昌，百姓安康。

水泥厂厂长寄来一首诗。

洛城水泥厂

青山绿水洛河旁，广厦高楼大厂房。
年产水泥千万吨，支援城乡换新装。

鱼得水找到主编，递上辞呈，说，我干不了，我辞职。不干了。这个“诗版图”也该寿终正寝了。主编不急不慌，又给鱼得水泡了一杯

“洛城新茗”。说，老鱼啊，你不能走。那些写诗的人不都是冲着你的法眼，你的名气嘛！这样吧，我们变通一下，你那个“小城诗草”不是就变通的很好吗？从下一期开始，我们不叫“小城诗草”了，叫“黑板报”。你看行吗？

鱼得水回家和老伴说了，老伴问，工资没少吧？鱼得水说，不关工资的事。老伴就说，那就出黑板报吧。不就是照搬现成的东西，也省得你用脑子。

鱼得水想想也是。这一晚，他倒睡得很香。

布袋子

灵感是在一瞬间出现的。

来买鞋的一个顾客手里提着一个鼓鼓囊囊的草绿色手提袋，布的，上面有“全都超市”字样，背面密密麻麻地印着超市在各地的分店地址。我问那个顾客，你提的那个布袋子是超市送的吗？她说，不是，一次买38元才送这个袋子，我买的东西少，要掏钱买的，这个袋子一块二。

我知道，自从国家颁布了禁塑令以后，商家已经不允许给顾客无偿提供一次性塑料袋了。好多超市开始收费提供符合规格的塑料袋，以此来督促人们买东西要自己带袋子。而我们这些小城农贸市场的门市部、小摊点仍然在使用一次性方便袋。那些白色的、红色的、黄色的、黑色的塑料袋子，比纸还薄，质量很差，有的顾客还没提出门袋子就烂了，随手一仍，又要一个拿走。每天晚上打扫门前卫生的人都会被各色各样的垃圾塑料袋包围。

能不能也像超市一样，自己制作些布袋子，印上我们自己的店名，在背面印上我们的广告呢？晚上和妻子商量了，她说好啊，响应国家政策，为环保做一些贡献。我说你少耍贫嘴，明天去布匹市场扯些布，咱们的缝纫机不是还好着嘛，这下该派上用场了。

那天晚上，我在电脑上做了一个漂亮的设计，布袋子的正面是我的门牌标志，原木图案上是三个红色的隶书字体“聚鞋庄”，周边套红。在招牌的左上角写着“十年老店，值得信赖”；布袋子的背面是段百十个字的广告语。我暗暗想着，等我的布袋子做成了，生意一定比周围的两户“冤家”要好。

买布，跑印刷、裁剪、缝纫……第五天我们终于大功告成，首次200个布袋子，和环保自愿者穿的衣服一个颜色，摆在那儿，像绿色的草坪样富有生机。

双休日，我在店门上贴了一副对联“远离垃圾塑料袋，拿上环保布袋子”。对联刚贴好，就有一个年轻的女人走进来，先看了看我挂在墙上的布袋子，然后挑好了一双白色的旅游鞋。装了盒，我用布袋子盛了，收钱的时候，我说，布袋子只收一块钱，成本价一块二的。她惊讶地问，袋子还收钱啊？你用一次性袋子装好了。我说，国家颁布了禁塑令，现在提倡用布袋子。她生气地放下袋子出门走了。不大一会儿，我看见她从隔壁鞋店提出一个塑料袋以胜利者的姿态从我面前昂首走过。

妻子恨恨地瞪了我一眼，看把你能的！

我说，万事都要有一个过程的。不要着急嘛。

第二个顾客是一个老太太，她来给孙子买双鞋。老太太看上的，孙子说样式不好；孙子要的，老太太又说太贵，好不容易谈好了，吸取上次的教训，我问他们，用塑料袋装还是用布袋子？老太太问，啥布袋子，我就从墙上取下布袋子给她看，她拿在手上拉拉，看看缝线，大概认为还结实就说当然用布袋子了。我说，布袋子是要收费的，成本价一块二，我们只收一块钱。老太太的脸一下子就变了颜色，说：“那就不要了！”我正失望呢，老太太的孙子说话了：“就要布袋子！我们老师说了，一次性塑料袋是全球的公害。保护环境，要从我做起，从现在做起呢！”

我看着小男孩红扑扑的小脸，心里是万分的感动。

因为有了小男孩的鼓励，那天在我店里买鞋的顾客，我都坚持让他们用我做的布袋子。但我的生意并没有隔壁那两家好。有些老顾客也因为我加了布袋子的钱而婉转地找个理由去那两个店里了。

晚上结账，面对不到平时一半的收入，耳听妻子的埋怨和唠叨，看着那些绿色的布袋子，我在想，明天，我还用不用这些布袋子呢？

只有天知道！

作家是个鸟

王小毛是个业余作家。他的业是什么呢？是卖鞋。王小毛在县城开了一家鞋店，很普通的那种，店面不到50平米。但王小毛的门头做得很大气，叫“聚鞋庄”。王小毛很敬业，早上7点就开门，晚上9点才关门。当然了，这说的是夏天，冬天里开门是8点，关门也是8点。

王小毛这么敬业，他的成绩怎么样呢？听听李橘红的话就知道了。李橘红说，开门早有什么用，关门迟又有什么用，要卖下钱才是本事。王小毛没有本事，他做生意没有李橘红做得好，和顾客不会讨价还价，三句话没说完，就说，最低多少钱，不要就算了。王小毛卖的钱没有李橘红多，就只有做些苦力活，比如开门，比如关门，比如做饭，比如洗衣，比如进货。王小毛做了这些男人女人做的活，又能怎么样呢？还是来听李橘红说，你哪像个男人，男人是要养家的，想想看，结婚这么多年，你都给家里做了什么？挣不下钱，光花钱，出了一本烂书就花了我近六千，买了个破电脑就花了我七八千，买个照相机就是两千……光想着出你妈的名，你出的名呢？李橘红是王小毛的老婆，她有资格这么说王小毛。

王小毛说，我不是男人行了吧？我让你养活着行了吧？王小毛说这话的时候，心情坏到了极点。坏到极点的王小毛口袋里的手机不合时宜地响起来。王小毛接了，是副刊老总的，他说，王小毛，你那篇稿子就要编排了，我写的“编后”放在你的博客里，请你看后把意见反馈给我。王小毛看看时间已是夜里十点多，就穿了裤子下床。李橘红说，干啥？王小毛说，去网吧（李橘红把家里的宽带拆了）。李橘红说，正事没你，闲事你扑得欢！王小毛不管李橘红的讽刺挖苦出了门。王小毛很快从和老婆争吵的不快中挣扎出来，想想就要发表的小说，他的心情好多了。这是王小毛写稿子以来编辑第一次约稿，也是主编第一次写“编后”，也是第一次郑重地放在头版。只有在写小说，发表小说，和编辑、文友谈论小说时王小毛才能找到自己。

王小毛写稿子是在一觉醒来，也就是凌晨两三点的样子。王小毛不敢奢望占用做生意的时间。王小毛要在老婆不生气的情况下才能干自己喜欢的事。王小毛知道如果惹老婆生气了，他什么也干不成。有时候，王小毛就想，等我写出名了，等我成作家了，也许老婆就不生气了。

王小毛果然就成作家了。

王小毛的作品数量和质量引起了县里、市里文联的注意，推荐上去，省作协就吸收他为作协会员。王小毛拿着红本本，脸也被映红了。王小毛把红本本在李橘红面前一晃，说，我是作家了！李橘红看也没看，说了一句——作家是个鸟！一篇文章的稿费还不及我两双鞋的收入。李橘红紧接着说了一句，孩子快放学了，去做饭。

王小毛在烟熏火燎的厨房里悲哀地想，作家是个什么鸟？王小毛做饭时想，吃饭时想，卖鞋时想，晚上回家睡在床上还在想。王小毛没有想透，就问老婆，作家是个什么鸟？半天没见回应，王小毛转过身见老婆已经睡着了。

小城名腿

桂花进了小城剧团，就是剧团的台柱子。这几年，文艺界都开始怀旧了。剧团也排了几个经典的现代京剧。《白毛女》、《红灯记》、《红色娘子军》。桂花都是剧里的“女一号”，那个“芭蕾舞”跳得满场喝彩。修长的腿，尖溜的脚，凌空欲飞的舞姿，让台下多少男人为之倾倒。

桂花结婚的第二年，剧团说解散就解散了。窝在家里的桂花还是爱惜着她那双修长的腿。晚上睡觉前，洗了脚，洗了腿，用细软的纱布慢慢拭干了，就均匀地抹上护肤霜，用两只手自上而下，自下而上轻轻按摩，然后又用手指前后左右拿捏捶打。早上起来，照样去中心广场练场子。全身拍打，压腿，踢腿，遛腿；单腿旋转，金鸡独立，仙人指路。回到家已是香汗淋漓了。赵智说她，怎么，还想进剧团啊？省省吧，我妈都等着抱孙子呢。

桂花白他一眼，说好的，五年之内不要孩子。这可是你答应了的。赵智说，那时候你不是台柱子嘛。现在下岗了。桂花说，我不管。

在小城，春天是桂花第一个穿裙子，秋天是桂花最后一个脱裙子。就是到了初冬，桂花也是穿了加厚紧身裤，外套麻布短裙。桂花的腿让小城男人的眼睛亮了，也让小城女人眼里多了嫉妒。

有一年夏天，小城电视台打出举办“超级美腿”比赛的广告。海选80名，80进30，30进20，20进10，最后从10名竞选者中决出冠军、亚军和季军。冠军的奖金是壹万元，亚军是伍千元，季军是壹千元。也许是丰厚的奖金的诱惑，也许是小城的女人都想一露美腿，广告一打出来，主办方报名的电话就打爆了。到报名截止日报名参赛的差三名就整八百了。

海选是在小城早已不用的剧院举行的，主办方重新装修、布置了舞台，从省城请来了灯光师。每晚100名，穿着主办方提供的服装和各种各样的袜子，在灯光迷离的舞台上走猫步，做各种各样展示美腿的动作。

当然了，桂花是参加了这次大赛的。也许是重回舞台的感觉特别好，也许是桂花在自己曾经演了不知多少出戏的舞台上更能表现自己的艺术天分，经过大小五次比赛和竞选，桂花一举夺冠，成了“小城名腿”。按照主办方的要求，桂花着三点式内衣，修长的双腿上穿着主办方提供的长筒丝袜，一只腿架在另一只腿的膝盖上，怀抱获得冠军的花篮和奖金支票坐在高脚凳上。

面对不断闪烁的镁光灯，桂花头脑一片迷离。

不管怎么说，桂花为她的美腿找到了表现的机会，桂花也为她的腿的美得到认可而高兴。当桂花把花篮和奖金支票拿回家时，等待她的不是掌声和祝贺，而是一张离婚协议书。望着桂花惊呆的目光，赵智摁了一下遥控器，电视上正播放桂花穿三点式内衣领奖的画面。赵智又扔给桂花一沓宣传单，是“小城名腿”——某袜业公司的公告策划宣传单。画面上是海选和竞选的美腿照片，是桂花着三点式内衣，穿高筒丝袜领奖的特写。

离了婚的桂花仍然爱惜着她的腿。不忘随时随地展示她的腿。

有一天，一个戴阔边眼镜，络腮胡子，留长发的男人找到桂花。你愿意演戏吗？桂花说，好几年没演戏了。不会了。男人说，是演电影。桂花这才知道，男人是省城的导演，正拍一部表现“腿模”生活的电影。这次来小城是物色演员的，无意中见到了街头乱发的广告，就千方百计找到她了。听了导演的一席话，桂花才知道自己其实在几年前就在不知不觉中做了“腿模”。那壹万元奖金其实连厂家在电视台或者报纸做广告费用的十分之一都不够。

桂花就跟了男人去省城。

《小城名腿》在小城上演时，门票涨到50元一张，还是场场爆满。小城男男女女都说，看啊，这部电影的主角是我们小城人呢！有钻牛角尖的人就说，那主角的扮演者不是桂花啊，是栀子。人们就都仔细地看演职员表，果然没有找到桂花。可那个栀子演的女主角分明就是小城名腿啊。

小城没有什么桂花了，只有一个小城名腿。至于她叫什么已经没有人去追究了。

打　牌

吴教授退休后，就想回到老家安度晚年。自从有了这个念头，就吃饭不香，睡觉不稳，整天不开心，吊着个脸子，好像别人都得罪了他似的。老伴是个明白人，知道他的心事，劝他："家里老人都不在了，孩子们都在城里，现如今回去，要啥没啥……"

吴教授就打断老伴的话说："不是还有三间老屋嘛！"

老伴看他铁青的脸色，就没了言语。

春节过后，吴教授终于冲破同事、儿女挽留的网，携老伴搭乘长途汽车，经过十几个小时的颠簸回到了老家。

四十多年了，故乡在老教授的眼里还是这样亲切。那村前的池塘水还是那样绿，那棵老槐树还是威风不减当年，树下的碾盘人们还在用着，永远改变不了的是再熟悉不过的乡音。不同的是村里人大多不认识，房子大多变成了砖房或者贴漂亮瓷片的楼房。

简单收拾了三间土房，教授和老伴去给父母坟上烧纸。在袅袅的烟雾中，教授看着父母的合葬墓，在苍松翠柏中那么平和、静穆。他忽然明白了父母为什么不去大城市跟儿子住了。

门前的菜地是父母一直种着的。这几年荒芜了。教授就和老伴在地里松土，施肥，上街买了土豆种，种下了他们春天的希望。

教授就是教授，没事了，就在扫得干干净净的院坝里放一把竹椅，泡一壶茶，拿一部书，戴一副眼镜，有滋有味地逍遥。

时间长了，吴教授又不好受了。整天就是和老伴你看我，我看你，该说的话都说完了，该看的书都看厌了。

老伴说了：出去转转吧，我看见生娃院里有几个老人打牌哩。

教授也看见了，他何尝不想去呢？可是，可是……儿时的玩伴如今都进入暮年，这些人中就他学问最深，过的最好。当他在大城市的讲台上侃侃而谈的时候，他们却在面朝黄土背朝天地辛苦劳作。他们中有人在四十年中寻他办过事，借过钱。他有帮上的，也有没帮上的，他不知他们现在怎样看他？

前几天，见到生娃——他儿时最好的玩伴，他刚要伸手，生娃却把双手拢到后背，只冲他艰涩地一笑，说："您回来了！"就匆匆走了。

教授一下子愣在了那里。

二月里，天气暖起来。生娃院坝的牌局仍然在。生娃、麻胡、根生、永娃……打牌的人骂骂咧咧，有时还动手抢牌。看的人就笑，就骂："老不死的，和小娃一样！"

就有人说："老小老小，老了就和小娃一样。"

又有人说："爷爷孙子没正经。"

打牌的人笑，看牌的人也笑。

这时候，看牌的"没耳朵"忽然说："看，教授一个人在那儿转呢。咱们叫他过来吧。"

生娃伸手摸了一张牌，头也没抬说："人家是教授，能看上和你打牌！"

麻胡也说："咱都是下苦人，没文化。人家是干部，大学教授……"

永娃就说："我看他也挺寂寞的，喊他来吧！"

"还寂寞呢，到底是中学老师呀。人家可是大学教授！"根生大呼小叫。

永娃也不管了人们的讥笑，径直走到教授面前，把他连拉带拽叫到了牌局上。

花花牌只有上了年纪的人会打。教授当然会。几圈下来，教授已不拘束了，和儿时的玩伴在一起争得面红耳赤。眼看天黑了，牌局还没有散的迹象。

教授的老伴来找他，说："我还以为你没了，原来在这儿呀！"

教授就很高兴，虽然输了六元钱。

教授也有不明白的时候。那就是，他赢了钱，说："算了。算了。"

人家就不高兴，说："咋？嫌钱少是不？农村不比城里。"

他输了钱，掏出的是整钱，说："不找了，不找了。"

人家就说："你钱多是不？我也不缺钱！"

教授就和这些一毛钱也争，一角钱都不多要的老玩童们玩得不知春夏秋冬。

来年春节，儿女孙子从西安赶回过年，都说教授年轻了十岁！

苏盛的冰箱

苏盛买的商品楼在城关粮站的后院。130多个平方，客厅很大，比他原来的房子整个面积还要多出10个平方。装修的时候，朋友说，客厅要简约、大气、不俗。苏盛的客厅就很雅致：一张能坐三个人的仿红木沙发正对了电视墙。面前是一个宽大的玻璃茶几，茶几的两个顶端是同样的仿红木单人沙发。电视墙是古朴的石材做的，下面是34英寸的液晶电视。电视的右边是立式饮水机。左边挨墙角本来是要买个冰箱放的。妻子说，买那没用。住在县城，要吃啥就能买下啥，都是新鲜的，苏盛就没有买。

按说，这是再平常不过的事了，可苏盛却为冰箱的事烦恼着。

搬家的时候，亲戚朋友都来祝贺。来到客厅的人啧啧称赞过后，都望着那个空着的墙角说，那地方放个冰箱就好了。有人就说，那就是给冰箱留的地方啊。苏盛解释，本来要买的，爱人说没用就没有买。

这事说过就过去了。苏盛也没往心里去。到了秋天，天气转凉，再也没人提冰箱的事了。一天，苏盛上中学的好朋友黎明来到苏盛的家，坐在客厅里，吃了烟，喝了茶，说了一些无关痛痒的话，黎明突然转换了话题，苏盛，天气转凉了，我那儿的冰箱处理，按进价给你，拉一台吧！

苏盛就呆住了，一时倒没有了言语。

黎明见苏盛这样，尴尬地打着哈哈出门走了。

过春节的时候，苏盛把父母从乡下接来，一家子热热闹闹地过了一个团圆年。父亲爱看电视，除过吃饭时间就坐在沙发上看《还珠格格》。八岁的孙女红红总喜欢偎在爷爷的怀里撒娇。看着看着，爷爷就问孙女，电视旁边空那么大的地方放啥啊？看着空落落的。

红红说，我爸准备买冰箱的，我妈不让买。

做爷爷的脸色就很不好看。私下里给老伴说，苏盛让媳妇给管住了，买个冰箱都不让买。还指望他以后孝敬咱们啊！

老伴叹一口气，说，现在这孩子，唉，都是……

这话正好就让苏盛听到了，心里就不是滋味。晚上睡在床上把父母的话一五一十说给媳妇听，说，还是买一个吧。管它有用没有用。

妻子说，你也太没主见了。自己的事自己做主。有用就买没用就不买，管别人说啥。

苏盛想想妻子说得也有道理，就不勉强。

到了第二年初夏，苏盛当了副局，专管城镇建设。整天忙的不落屋。爱人就给他说，你现在重权在握，可要头脑清醒啊。我是教师，工资也不低，咱就一个女儿，钱也够花，不要贪心，到时落下个坏名声，我们母子也要跟上你受罪了。

苏盛说，你把我看成啥人了？

城区仓圣大道要扩建，招标前，就有个外号叫“黑头”的包工头来到苏盛的家里。黑头不说工程，就是坐在苏盛的客厅里抽烟、喝酒，和苏盛套近乎。苏盛呢，人家一不说工程，二不送礼，也不好赶人家走。只好有一搭没一搭地和他糟蹋时间。临走了，“黑头”忽然说，苏局，我看你屋里啥也不缺，赶明儿，我给你把电视机左边的空填起来吧！

苏盛说，哪儿的话。我是故意留的。

到了第二天，单位就有人议论，苏局没买冰箱是有用意的啊！更有人说，听说，昨天有人看见了，有人给苏局家抬了一个很大的冰箱呢。是海尔还是阿里斯顿？反正是最好的。最名牌的。

这话不知咋就传到苏盛的爱人耳朵里了。晚上枕头边就问苏盛是咋回事？苏盛说，没有的事！爱人说，无风不起浪，你给我小心点。

那天上班刚走进办公室，局长就跟进来了。局长问，小苏，听说你买了名牌冰箱，啥牌子啊？

苏盛说，局长也开玩笑了。我没买冰箱啊！

局长宽容地笑了笑，小事一桩，以后注意一点就是了。

苏盛说，局长，我真的没买冰箱。也没人给我买冰箱！

局长说，我说有人给你买冰箱了吗？

苏盛更加语无伦次了。

回到家，苏盛给妻子说，拿钱来，我要买冰箱！妻子说，你有病啊！

现在是几点？

苏盛睁开眼，原来是在梦中说话。就自嘲地笑笑。说，明天真要去买冰箱了。妻子说，买吧！看你放啥？

你别管！苏盛的语气硬硬的。

夏天里，苏盛电视机柜的左侧终于放上了一台银色的立式冰箱。

吃　烟

男人说，我们这地方把抽烟叫吃烟的。

男人还不是男人的时候，去县上开文学创作研讨会。在女同志的寝室，那个大他四五岁的女人教给他吃烟。女人说，男人不吃烟，枉为男子汉。女人说，来，坐到我跟前，我教你吃烟。女人说着就伸手把还是孩子的他拉到身边。女人的体香第一次钻进他的鼻孔，沁入他的心脾。女人把一支带把的金丝猴香烟塞到他嘴里，“啪”地就打着了火，窜起的火苗差一点就烧到他的鼻子。那烟雾直往他的眼窝里钻。眼泪流出来，男孩用手去抹，脸蛋却红了。女人说，没出息。从男孩嘴里抽出烟，叼到她嘴里，用她修长的右手中指和食指夹了，把头仰起来，狠狠地抽一口，然后徐徐吐出来，那烟雾好像电影里妖怪的化身一样，袅袅婷婷地升到空中，一个个漂亮的烟圈在房间慢慢飘散、弥漫。

男孩终究没有学会吃烟。

男孩长到二十岁的时候，自以为是个男子汉了。男孩出门办事，就买了带把的好烟装进兜里。男孩多少次都是把事办完了，办好了，握过手，走出门好远，男孩潇洒地把长发往后一甩，把手往兜里一插，刚刚准备唱“该出手时就出手啊!”时，他的手触到从家里走时装进去的烟盒。男孩一下子变脸失色，知道办的事十有八九泡汤了。但他每次办的事都很顺利。回家问父亲，父亲说，那是你的运气好啊!

男孩快成为男人的时候，和女朋友去拜泰山。拜上门的亲戚都给男孩取烟。女朋友总说，他不会吃烟的，他吃烟烟往眼里钻哩。人家就笑，不会吧？是不是你不让吃？男人咋能不会吃烟哩！女朋友又说，我管他干啥哩。他真的不会吃烟嘛。他说吃烟嘴里苦哩。男孩也点头哈腰，说，是，是。我真的不会吃烟。那人就笑得更厉害了，不会？把烟给嘴里一塞点着火就会了！

男人真正成了男人以后也不吃烟。因为女人总在人前人后说，我男人就不会吃烟的。人家就说，不吃烟好啊！一辈子省一副棺材呢。女人就笑，男人也笑。女人是满足的笑，男人是无奈的笑。

男人开始吃烟是他四十岁以后的事了。

女人从西安打电话回来说，我又选择了一家直销公司。男人说，想都不要想！女人还是说，你考虑考虑，给我个话！女人没等到男人的话，女人拿进货的钱买了单。男人对女人说，你不应该给我打电话。我不是你男人！

女人说，你是狗肉不上台板。

男人就去写自己的东西。男人心里说，我已经没有女人了。女人开始东南西北地跑客户，女人开始天南海北地打电话；女人的头发飘扬起来，女人的衣服靓丽起来。女人跑着跑着就不落脚了。女人的心像天上的云越飘越远，女人一回家就看啥都不顺眼。不顺眼的男人看着女人也不顺眼。男人就不看女人，男人就当女人没有回来一样该干啥还干啥。女人看着男人的背影说，窝囊！男人不说话，男人就上厕所去了，男人蹲在厕所里吃烟。吃烟的男人忽然就想起印在烟盒上的一句话“抽烟有害身体健康”。男人好像和那句话赌气一样，又抽出一根吃起来。

女人又要走了。

男人又要写东西了。

女人走了。

男人吃烟了。

女人走得越来越远。

男人烟吃得越来越多。

女人说，直销好啊！钱也挣了，玩也玩了。人也变得年轻了。女人的夜就绚丽多彩。女人的舞姿是十八的姑娘越变越好看。

男人写，男人本不是一个坏男人的，但男人还是变坏了。男人的夜就很孤寂。男人电脑桌上的烟灰缸里烟头就像打败仗的士兵缴的枪。

女人回到家已是一年之后了。女人再也不走了。但男人却要走了。男人被确珍是肺气肿，晚期了。

女人后悔没有挣下钱。

男人后悔咋就学会吃烟了？

女模特与流浪汉

流浪汉波比是在一个大雨滂沱的夜晚邂逅女模特的。

那个晚上的雨突如其来。西边的天际被一道闪电撕开，拇指蛋大小的雨滴就铺天盖地砸下来。那时候，流浪汉波比还在空旷的大街上转悠。当雨滴砸到他的头顶时，他一头扎进路边的房檐下避雨，不想却和女模特芭比撞了个满怀。

芭比是波比给女模特起的名字。这是个浑身一丝未挂，赤裸裸的女模特。白皙的皮肤，灰色的头发，幽蓝色的眼睛，很性感的红色嘴唇。流浪汉波比心里没有了雨，没有了饥饿，女模特的美丽从他的眼里钻进了他的心里。这种感觉像春天的溪流从裸露的脚面淌过，舒服极了。

那个夜晚，屋檐外，疾风暴雨，屋檐下，温暖如春。

自从遇到这个漂亮的女模特后，流浪汉波比就再也没有去外地流浪。这个街区的居民发现流浪汉波比比以前见到的流浪汉整齐多了，蓬乱的头发在自来水龙头下洗得草屑不存，乌黑的脸膛也洗得黑里透红，连牙齿也看到了苞米似的白。人们看着舒服，就主动给流浪汉波比一些旧衣服，一些过期面包。

流浪汉波比在第二天的阳光下，才看见女模特是站在一家关门歇业的时装大楼下的。

夜幕降临，街上行人绝迹时，流浪汉波比就来和女模特幽会。

他会握了女模特那只纤细的手，用另一只手去摸女模特光滑的脸，让我看看，你的脸脏了没有？身上有灰没有？每天晚上，波比都会带来一张抹布，把女模特的脸、脖子、臂膀、手都擦拭一遍，然后看着那双幽深的眼睛说话。我发现我已经爱上你了。芭比。

是一个大白天，波比突然发现芭比挺立的两乳上被点了两点血色的红，芭比原来光洁如凝脂的私处被人画上了乱蓬蓬的黑色毛发。波比的心“通”地一跳，紧跟着就是钻心的痛。波比穿过大街上汹涌的人流，冲到女模特身边。可他被从大楼出来的保安截住了。“干啥？干啥？这儿没有你的事！”

那个白天，波比远远地看着芭比，看着街上那些无聊的人围着芭比指指点点，不怀好意地笑。波比知道他的身份。在这个街区，人们都认识波比，知道他是个没有来历的流浪汉。他现在就是硬冲上去，引来的只会是更大的耻笑和羞辱。

那个晚上，波比拿上他想尽办法弄来的洗洁净，用一块干净的毛巾，仔细地擦拭着芭比的身子。波比一边擦一边说，芭比，我爱你！芭比，我爱你！洗净了芭比的身子，流浪汉用他从嘴里省下的钱买的一块漂亮的稠布裹住了女模特的下身。远远看，女模特好像系了一袭漂亮的裙子。

第二天，人们又看到了一个光洁如玉的女模特站在时装大楼的门前。没有人想到是谁给女模特洗了澡，是谁把女模特打扮得如此漂亮。

远处的波比看到芭比一脸阳光地站在气派的大楼前，她是那么青春、那么漂亮。街上的行人投给芭比的眼光里是欣赏和赞美。波比的心里像罐了蜜一样甜。

可是，那个裙子没有保持多久，就不翼而飞了。也许是哪个贪小便宜的家庭主妇拿回家了，也许是哪个拣破烂的人塞到他的垃圾袋里了。流浪汉波比看到芭比一身灰尘时，心里又一次“通！通！”地跳起来。波比想，也许是我那块稠布太漂亮了。这样想着，波比就把路边拣到的一个塑料袋撕开来，又一次围住了芭比的下身。远远看，芭比就是一个穿着短裙的美丽女孩。

流浪汉波比每天晚上都和女模特芭比在一起。他给她洗澡，她给他微笑；他给她倾诉，她给他安慰。他用嘴诉说对她的爱，她用耳倾听他的爱语。有好几次，波比看到芭比的眼睛忽闪忽闪，仿佛都流出泪来了。流浪汉波比感动得稀里哗啦，他每天给芭比换一身不同颜色、不同款式的衣裙。

时装商厦开业的那天晚上，流浪汉波比在装修一新的大楼前再也找不到他的芭比了。就在波比几近绝望时，他意外地在大楼西边的装修垃圾堆里见到了支离破碎的芭比。那件他最后套上的粉红色塑料裙在夜风里猎猎地舞动着。流浪汉波比的心又一次“通！通！通！”地跳着，他感到一阵钻心的痛。流浪汉一下子抱住那件粉红色的塑料裙，他听到了裙子里芭比的身子一点点破碎的声音。

芭比——芭比——

流浪汉波比的身子矮下去、矮下去……第二天，附近的居民再也没有见到那个整齐的流浪汉了。

离 婚

小城的市场不大，东西长不到千米，面对面也就百十户商家，都卖童装。琳也不出色，是那种看一眼就忘记的女子。初见琳，以为她还没有结婚，这主要是缘于她的瘦小和口无遮拦，而且店里总是她一个人。琳卖很时尚的童装，生意也不怎么好。

腊月里，琳的店里出现了一个个子虽然不高，但长得很精干的男孩。自来卷头发呈现出微微的棕色，长方形的脸上有一双鹰一样的眼睛，轮廓分明的下颌长出毛茸茸的胡须。熟悉的人说，这是琳的老公，在省城打工的，搞装潢。继而也知道了琳的孩子其实已经三岁了。

人们在惊讶于琳已经是个三岁孩子母亲的同时，也羡慕琳有一个好老公。不但人长得帅，还能挣钱。男人嘛，能挣钱就是好男人，女人有了依靠，在人面前说话也有了底气。如果这个能挣钱的男人再长得能走到人面前，那就是上辈子修来的福了。

小城同样做生意的女人和老公吵架了，总拿琳说事，看看人家男人，一年四季给家里拿多少钱！再看看琳的穿的、戴的、吃的、喝的，这才是女人啊。市场里很少有不吵架的夫妻，今天你家吵，明天他家嚷，就是没有见琳和她老公吵过——当然了，他们一年四季在一起的时间也少。

就在人们羡慕琳有一个好老公时，某一天却传出琳要离婚的消息。

提出离婚的正是琳。

琳的邻居就说，琳，你是不是疯了？你老公是那样的优秀！结婚就给你开了几万元的店，风不吹，雨不淋，冬天不冷，夏天不热，他自己倒在外边打工，挣了钱还给你寄回来，现在这样的男人打上灯笼也难找啊！琳苦笑，摇了摇头。鞋子夹不夹脚只有穿鞋的人自己知道啊。

市场年龄最大的何婶私下里说，琳是身在福中不知福，活得不耐烦了。就她长那模样她老公完全配得上她。现在这女人啊，男人不在身边就守不住了。

我们终于见到了琳的孩子，一个长得虎头虎脑的男孩。孩子是他奶奶领来的。见到孩子，琳的眼里更多了一层说不出的意味。任凭公婆怎么劝，琳都没有松口。琳就一句话，离了吧，离了吧，我真的受不了。

人们私下里都在埋怨琳，结婚都四年了，孩子也大了，离什么婚啊？吃饱了撑的，胡闹！是啊，男人配她是绰绰有余！以为她长得有多漂亮呢？是不是外边有了人？一定是的，现在的女人啊！

琳给父亲说她要和男人离婚。父亲吹胡子瞪眼，疯女子，你真是疯了！当初你们是自由恋爱，现在结婚了，有孩子了，光景过得好好的，你离啥婚？是他挣不下钱，还是挣下钱不养活你和娃？

琳去跟母亲说他要和男人离婚。母亲哭鼻子流泪，好娃哩，离婚是丢人哩，丢你大你妈的人哩，是要脱一层皮哩，你以为是脱裤子放屁那么容易的事。你男人对你那么好，又能挣钱，又能顾家，你还要咋的？

琳去跟姐姐说他要和男人离婚。姐姐说，好好的，离啥婚？

琳说，姐，我是守活寡哩……

琳给老公打了无数的电话，琳说，你回来，我们好聚好散。老公说，为什么要离婚呢？我们连一次架都没有吵过。你要什么我都给你买，好吃的好穿的好玩的你说啊！我不是已经给你说了，过两年我们就在小城买房吗？到那时我们就能在一起了。琳说，正因为你的好我才和你过了这四年，现在我是实在过不下去了。

老公还是没有回来，老公也就一句话，不离！

琳知道老公是死要面子活受罪。绝望了的琳一纸诉状递到法院。人们这才知道，琳的老公那方面不行，结婚四年来，琳和老公一直没有好好地过性生活。

一条自由飞翔的鱼

那条红色的金鱼是女孩上学时从一栋大楼底下拣到的。女孩四下望望没有人，猜想这条鱼应该是这栋楼上谁家鱼缸里的鱼。也许那户人家的鱼缸放在阳台上吧。女孩就想起自家阳台那条自由飞翔的鱼。女孩把那条鱼在水龙头下冲洗干净，装进盛水的塑料袋时，发出一声诘问，我就不明白，这条鱼为什么要从鱼缸里飞出来？

女孩把鱼放进自家的鱼缸。

这个鱼缸里原先也是有三条鱼的，一条黑色的，一条红色的，这两条大一些，爸爸说那是他和妈妈；另一条小鱼是金黄色的，两只眼睛大大的，圆圆的，爸爸说那是女孩，他们唯一的女儿。每天晚上女孩从学校回到家，都会看到父亲在阳台上给那些胖娃娃啊，洋樱桃啊，蝎子莲啊洒水，更多时候，爸爸就站在鱼缸前，给水面上撒些鱼食，看那三条鱼儿抢食。有时候，爸爸会拿了细细的不锈钢鱼篓点那条黑鱼的头，叫你抢，叫你抢，你还是个做父亲的样子吗？女孩就笑了，女孩说，爸爸，你怎么不点妈妈呀？女孩说的妈妈是指那条红鱼。爸爸说，嫁汉嫁汉，穿衣吃饭。女儿和妈妈都是爸爸的心头肉啊。

爸爸说这话时，妈妈还没有回来。女孩知道妈妈又去跳舞了。妈妈说她跳舞其实是在找客户。妈妈先是跑保险，后来跑直销。爸爸说，那是传销，国家打击的。妈妈不听，妈妈说，你懂什么？只知道下死苦挣些糊口钱。看看人家老婆穿的啥，戴的啥。当初真是瞎了眼，跟了你这个善于满足现状的人。女孩知道，妈妈心气高，总做一夜暴富的梦。女孩也听过到家里来的人给妈妈讲一夜暴富的故事。爸爸不信，女孩不信，可妈妈信啊。

爸爸白天就守着门市部，还要做两顿饭。晚上回家了，洗衣服，收拾家里的卫生，时不时地，还要上缝纫机给女孩缝缝补补。女孩有时想，爸爸真的是这个世界上最伟大的父亲呢，家里家外都是他一个人，并且做得那么好，那么任劳任怨。妈妈白天跑客户，晚上回到家就喊腿疼脚疼腰疼背疼，爸爸打了洗脚水放到妈妈的脚下，妈妈看也不看他一眼，说，德行！妈妈把脚泡在温水里，眼睛就粘在电视上了。

女孩一边看书，一边在心里说，妈妈，妈妈……女孩真的没有想出来她后边要说些啥话。

有一天，女孩突然发现鱼缸里那条红鱼不见了。那条黑鱼和小黄鱼没精打采的。爸爸说那条红鱼飞走了，自由飞翔啊。女孩看见胖娃娃（爸爸说那叫玉树）也瘦了，瘦了身子，瘦了叶子。女孩也发现爸爸的胡子长了，头发长了。女孩就想哭。妈妈在这个秋天走了，去了遥远的深圳。女孩记得妈妈走时爸爸不愿意，爸爸第一次冲妈妈发了火，但妈妈还是义无反顾地走了。妈妈说，深圳工资高呢，打工都比在家当老板挣的钱多。那是妈妈跑直销失败后走的另一步棋。

中午放学，女孩看到阳台上的胖娃娃又绿了，那盆新栽的芦荟也抽出了新芽。春日的阳光里，胖娃娃的叶子更绿，鱼缸里的水更清，能看见清水里假山和五彩石的水纹，还有水草上面的阳光和花朵。那条红鱼摆了下尾巴，和那一大一小两条金鱼欢快地嬉戏起来，一点也不害怕人。女孩的眼里就热热的。

不知什么时候，女孩发现爸爸站在她身后，脸上露出少有的笑容。

女孩抬起头，爸爸，你看，那条红鱼又回来了。

爸爸笑了。爸爸抬手在女孩头上抚了一下，说，闺女，你妈妈来信了。

女孩看见爸爸的下巴上光光的，在阳光下闪着青色的光。女孩的心一下子像这个春天的阳光，暖暖的。

花期已过

于小鱼是我们洛城画苑的领袖人物，他的画好，字更好。于小鱼擅长画花草鸟虫，他的客厅、阳台就种满了各种花花草草。从阳台跨进一步，就是于小鱼的画室。两个乒乓球案子大小的工作台上，铺着一层墨绿色的金丝绒桌布，很细很柔的那种，手放上去好像按在豆蔻年华的少女身上，那种透彻心肺的感觉是只可意会，不可言传的。于小鱼有个爱好，就是在作画或者写字的间隙，习惯双手静静地摁在细腻的富有弹性的桌布上，一站就是多半个时辰。于小鱼的爱人是个作家，就是写了不少文章，也发表了不少文章，加入了省作协，又没有多大名气的作家。

于小鱼把双手按在金丝绒上面时，心里其实没有表面那么平静。他的心里装满了米小囤。米小囤是他的女弟子，不到三十岁，很有韵致的一个少妇。米小囤的丈夫是个私营企业主，手指上戴两三枚拇指大钻戒的那种老板。米小囤就有钱有闲。有钱有闲的米小囤在穿尽了名牌时装，养厌了宠狗宠猫后忽然有一天就喜欢上了花花草草。她喜欢的不是山坡野地的花草，喜欢的是于小鱼画的花草。在洛城文庙的展厅里，衣着鲜艳的米小囤忽然给于小鱼跪下了。和于小鱼坐在一起的文化馆馆长惊讶地望着于小鱼。于小鱼也惊呆了，“这……这……”米小囤虔诚地给于小鱼磕了三个头，然后抬起头，用修长的手指掠了一下扑在眼睛上的刘海，静静地看着于小鱼说，于老师，我拜您为师了。

于小鱼这才从惊讶中清醒过来，连连摆手，使不得，使不得。

一旁的馆长说，您就收下她吧！

米小囤也说，于老师今天要是不答应，我就跪在这儿不起来。

展室里看画作的人群就都掉转头，看这个跪着的年轻女子和坐在红木椅子上的两个半老男人。于小鱼的脸色“腾”地就红了。他伸出手，又抽回手，拉也不是，不拉也不是。

“于老师……”

看到米小囤眼里认真的神情，于小鱼考虑再三，还是重重地点了点头。

于小鱼收了这个女子做弟子，也是他唯一的女弟子，他还不知道她叫什么，从哪儿来。米小囤说，叫我米小囤吧，哪里人其实不重要，重要的是我今天才知道我骨子里喜欢的是什么——我喜欢的其实是你的画笔下的花草啊！

于小鱼的爱人第一次见到米小囤，眼里除了惊讶还是惊讶。紧接着就是意味深长的笑。晚上，她漫不经心地对于小鱼说，关门弟子啊？很有风韵嘛！于小鱼就说，你不知道当时的情形……她打断他，我知道，她当众给你跪下了，磕头了，你再三解释她就是不起来，你没办法……于小鱼就不说一句话，转个身，给爱人一个光脊背。

不管于小鱼承认不承认，他的内心就是喜欢米小囤。米小囤站在于小鱼的身边，于小鱼根本就作不了画。于小鱼对米小囤说，我给你找一些绘画基础知识书，你先看看。米小囤说，我不看，我就站在你身边看你作画就行了。于小鱼说，那是学不会的。米小囤说，我试试看。于小鱼就画得很艰难。米小囤却学得很认真。米小囤作画的时候，喜欢穿一件中袖褡扣碎花的宽大绵绸褂子，蓝底白花，很古典的那种。修长、细腻的胳臂像一段才出水的莲藕在于小鱼眼前晃来晃去。于小鱼的心就乱乱的。于小鱼已经能感觉到自己的手就要按到那截藕上了，米小囤的一声轻咳把于小鱼从幻景中惊醒。于小鱼在内心连说惭愧！惭愧！

那一天，于小鱼的爱人随县文联组织的“走进新农村”去老君山采风。米小囤也说，刚好，丈夫要到外地开个订货会，要她一道去散散心。

于小鱼这天的画一幅也没有做成。画布是揉成一团又揉成一团。起身冲了一壶龙井，也是喝着没有滋味，喉咙倒是更干了。没有想到的是，正在他双手摁着桌面想入非非时，米小囤进来了。见鬼，他竟然没有关门——好像特意给米小囤留的门似的。米小囤刚刚走到于小鱼跟前，于小鱼就把米小囤拥入怀里。米小囤挣扎了一下，就双手环了于小鱼的腰。米小囤的秀发弥漫在于小鱼的脸上，于小鱼贪恋地嗅着，喃喃地说，小囤，我想你！

也许过了一千年吧，米小囤抽出她修长的手臂，在于小鱼泪流满面的脸上轻轻拍了拍，说，别伤感了。开始作画吧。那一天，他们竟然出奇得平静。于小鱼专门为米小囤做了梅、兰、竹、菊四扇屏。

米小囤再也没有踏进于小鱼的画室了。于小鱼试图在洛城的大街小巷碰到米小囤，结果却总是失望。

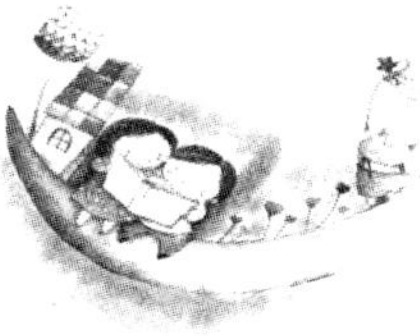

谋　杀

多年以后，当我也有了这个可怕的想法时，我才知道，当年我奶奶可能就是那场谋杀的主谋。

我奶奶嫁给我爷爷的第二年生下我母亲。在我奶奶抱着我母亲独自垂泪时，我爷爷说，日子还长着哩，愁啥？只要田好，撒了种子就会有收获的。可长着的日子里我奶奶再也没有解怀，直到我母亲该谈婚论嫁了，我奶奶才死了心。

我父亲倒插门进了我家的第一天，我奶奶就说了，将来生了孩子要跟我母亲的姓。

我母亲也是结婚后的第二年有了我，我母亲也是抱了我独自垂泪。我母亲知道，现在就是她想生，国家政策也不允许。到了第四个年头，我母亲的二胎准生证在求人送礼后终于弄到了手。谢天谢地，我母亲的肚子这回很争气，她生下的是个带把的。我奶奶逢人就喜欢地合不拢嘴，说孙子的脸盘子有多圆，眼睛有多大，那一对耳朵啊，是招风耳呢！看着就是福相。

我奶奶给我弟弟起的名字叫富贵。

富贵在我母亲和我奶奶的怀抱中成长着，不像我小时候，常常被母亲扔到我爷爷做的木头小车里，或者放在田间地头自己爬。也许是在我奶奶和我母亲怀里抱久了，富贵长到一岁时，还不会说话，不会走路。我爷爷就急了，说我奶奶，都是你惯的。整天抱在怀里。让他慢慢学着走啊！我奶奶说，吉人自有天相。你没听人说大器晚成吗?!

我爷爷就没了言语。

富贵长到一岁半的时候，还是不会说话，也站不起来。我母亲就着急了。我父亲和我母亲把孩子领到村医疗站，赤脚医生用冰凉的镊子按了富贵的舌头，又用左手拇指和食指翻了富贵的眼皮，说，我给弄几副中药喝喝看。

富贵喝我奶奶熬的中药和吃我奶奶给他喂的饭一样，勺子进嘴了，就囫囵囵吞下去，没有欢乐没有痛苦。我奶奶就说，这孩子，啥时候开窍啊？

我奶奶暗暗把北山里的神汉请到家里，烧了香，跳了神，捉了鬼。富贵披了大红布，像木偶一样任神汉摆布。神汉把我爷爷给的钱揣进口袋时说，不出三天孩子就能说话了，不出一月，孩子就能站立了。

我母亲偷偷去了南山，上了香，焚了表，虔诚地跪在那三间破土屋里，面对高高在上，香烟缭绕的三尊大仙，默默祈求神仙慈悲，救儿子一命。

我父亲最终还是把儿子领到县医院，可医生的诊断和药物还是不能让富贵站起来。

我父亲对治疗儿子的病失去了信心。我父亲把这一切的因果都怪罪到老宅的风水上。他拼了命地去河里挖石头、筛沙子，拼了命地去山里买椽、买檩。我父亲的三间土木结构的新房盖起来后，我和我父母就住到了新房。我奶奶和富贵住在老宅。

我奶奶坐在门前哭天喊地的那天早上，有一只乌鸦站在老宅灰色的屋顶上“哇——哇——”地叫。我奶奶用布满青筋的双手抹一把眼泪，号一声，整个吴洼村的人都能听到我奶奶悲痛的哭声。我也看到我母亲扑在我奶奶的炕上哭得昏天黑地。我还没弄明白发生了什么事，就被父亲提了胳膊像老鹰抓小鸡一样拉到院里。从围观人的嘴里，我才知道我的弟弟，那个叫富贵的弟弟昨天晚上死了，据说是被子没盖好，捂死的。

我奶奶后来说，她一觉醒来，发现富贵已经没气了。富贵是被我爷爷在一个太阳落山的傍晚卷了张破席子埋到野鸡岭的。没有人追究富贵的死因。村里人都说，人的命，天注定。这孩子死了倒不受罪了。

我至今都弄不明白，我母亲生了二胎后做了绝育手术，后来咋又怀上了孩子？就在富贵离开我们的第二年，我又奇迹般地有了一个弟弟。一个很健康、很聪明的弟弟。

转眼间，我已是为人母的人了，可我的孩子……孩子和当年我那个逝去的弟弟是一样的病症。当我被他的病折腾得筋疲力尽时，我忽然有了那个可怕的想法。就在我有了这个可怕的想法后，我脑子里忽然就想到了二十多年前奶奶的哭声。我才知道，当年我奶奶可能就是那场谋杀的凶手。

父亲的大学梦

挡捞来到建筑工地的时候已经是近五十岁的人了。工头说，这么大年龄的人我们不要，况且是小工。挡捞当下就给工头跪下了，说，您就留下我吧，我能担能挑的。再重的活我都能下！领挡捞来的喜民也给工头说好话，他是我们村里的“气死牛”的，有的是力气，就留下吧。工头勉强点了头。

挡捞就成了我们的工友，挑砖，和灰，拉沙……苦活累活他都抢着干，从来没有说一个“累”字。挡捞不抽烟，不喝酒，工资一发下来，就和喜民去邮局汇走了。我们就取笑他是气管炎。他憨厚地冲我们这些愣头青笑笑，不说话。和他在一起的喜民说，他哪是气管炎啊，他是老黄牛！他累死累活挣的钱都寄给上大学的儿子了。

我们才知道这个黑瘦的挡捞原来有个上大学的儿子，就都羡慕他的命好。

歇工的时候，工棚里的人打扑克、下象棋、谝闲传，挡捞蹲在一边看照片，三张，一张是全家福，一张是儿子的，一张是女儿的。两个孩子都长得白白净净，聪明伶俐。挡捞看着看着就笑出了声，工友就喊，挡捞，想老婆了？挡捞说，不是，想孩子呢！儿子快毕业了，女儿也要考大学哩！问话的工友就说，你肯定女儿能考上大学吗？

能哩！我女儿聪明着哩！

挡捞说他爷爷是文盲，他父亲上的是扫盲班不识几个字的，他小学没上完就回家种地了。都是吃了没文化的亏，这才一辈子下死苦哩！村里人盖楼房哩买车哩，就他一个人供给娃念书哩。娃念书是正事啊！我们就说，是啊是啊，等孩子毕业了，有工作了，你就享福了！挡捞憨憨地笑，说，就盼着那一天哩，现在苦些累些也没啥！

谁也没有想到，挡捞的儿子却出了事。那天晚上正加班，喜民的手机响了，原来是挡捞儿子上学的那个城市派出所打来的。挡捞的儿子在酒店喝酒和人打架，把人打伤住院了。挡捞求工头结了工资，请了假，第二天早上就坐车去了儿子所在的城市。

挡捞出现在工地的时候已经是半个月以后了。他明显地黑了，瘦了，胡子更长，头发更白，话更少了。我们后来才知道，他儿子大学毕业找不到工作心情不好去酒店喝酒，喝多了，就哭就笑就和劝他的酒店服务员吵起来……

歇工的时候，挡捞总是自言自语，大学生咋就不分配呢？上大学咋就不分配呢？我们就劝挡捞，现在上大学不分配，工作难找，还不如叫孩子早早出来打工。打工苦是苦，但实在，好好做几年，挣了钱，娶了媳妇盖了房，这辈子也就过去了。挡捞不做声，仍然低着头说他的话。

秋天里，挡捞卷了铺盖回家。满脸是落魄的表情。工头说，挡捞，什么时候想来了你就来。工地上就要你这号实在人哩！工头说，儿子是挡捞的希望，他的希望破灭了，心也就老了。

我们都以为再也见不到挡捞了，没想到，麦子刚刚种上，挡捞就又来到了工地。这次来的不是他一个人，他把自己的女人也叫来了。工头说，挡捞，你女人能干啥啊？你真是胡搞！挡捞说，我的好工头哩，我女人结实着哩！家里三四亩地都是她侍弄的。我不在家，里里外外她一人经管的好好的。工头说，这是建筑工地，不是在家里。挡捞就说，她第一个月不要工资，做着看。行了，你留，不行了，让她走！工头也是个善良人，就留了挡捞的女人去伙房帮忙做饭。

挡捞，咋又来了？

工头走了，我们问挡捞。挡捞说，我女儿考上大学了。延安大学！我们就说，你儿子不是也考上大学了，有啥用。挡捞说，那不一样。我女儿考的是艺术生。艺术生，懂吗？就是画画哩，将来当画家的。

我们就都说，祝贺祝贺！挡捞有个当画家的女儿啊！

挡捞说，儿子上了四年大学，把他一辈子的积蓄花完了。这不，女儿上大学，学艺术的，花钱就更多。他就和女人都出来打工了。

挡捞还告诉我们，儿子已经去深圳打工了，在一家酒店上班。工资还不低。我们一边祝贺，一边在心里说，看看，上了大学还不是照样打工。挡捞好像看穿了我们的心，说，上大学和不上大学就是不一样。儿子学的是酒店管理，现在工资两千多，听说以后还要涨。

我们就都说不出话。

是谁偷了我

接到周尉电话的时候，秦歌正忙着和顾客为一双鞋的价格较劲呢。秦歌从 56 元落到 48 元，顾客从 35 元加到 38 元。顾客走到门外了，秦歌说，你再添点。顾客说加 2 元，40 元。秦歌说，最多给多少？顾客说就是那么多。说完扭身就走。秦歌喊，不说了，给 45 元你拿走吧！那人头也没抬。这时候，电话铃声又响起来，一声赶不得一声地叫。秦歌走到门跟前，冲已经走出十多米远的顾客喊，买鞋的，你来，给你！

那人转过身，脸上露出胜利者的笑容。秦歌叹口气，卖给你。这双鞋白白给你捎了。我要接电话。

周尉在那头说，三哥，我打你的手机，咋没接？秦歌说，是吗？今天逢集，人多，太忙，我没听见电话响啊。啥事？秦歌说，妈屋里昨天叫贼偷了，你最好回来一下！

秦歌脑子里“嗡”的一下，咋弄的，贼偷了，大白天？

周尉说，可不是，昨天镇上不是逢集吗？爸和妈都去镇上赶场去了，晌午回家大门还锁得好好的，进屋就见上房、厦子屋里翻得很乱。凡是上锁的柜子、箱子都被撬开……

秦歌问，你给大哥、二哥说了吗？

周尉在那头说，刚刚联系上，打过了。

秦歌兄妹四人，大哥在县政府办公室。先是科员，后是科长，再是主任，一辈子都忙着当官，听说快要当副县长的。二哥呢，原先在铁厂上班。这几年铁厂效益不好，就跳出来，自己开了一家土特产加工公司。整天忙得脚不着地。唯一的妹妹师范毕业后在镇上中学教书。周尉是妹夫子。

下午五点，秦歌早早关了门，骑上摩托带上妻子往三十里外的老家赶。是啊，快一年了，没事谁顾得上回家啊。还没到门口，远远就看见大哥的那辆桑塔纳黑色轿车停在老家的门前。进了楼门，见大哥大嫂、妹妹妹夫正围了父母说话。秦歌和众人打过招呼，把手中提的奶、烟酒、糕点放到柜子上。妻子早走到父母身边去了。听着孩子们的劝慰，父母只有点头的分。

这时候，门外响起喇叭声。二哥二嫂也回来了。他们开的是自己的车。秦歌看到父母的眼睛亮了一下，看着围在四周的儿女露出宽慰的笑容。从父母断断续续的叙述中，秦歌知道损失也就是两千多元。父亲一个月的退休金，母亲多年舍不得花积攒的六七百元。母亲说，我的钱在炕沿底下，当年陪嫁的黑箱子底里，顶棚上分几下放的，那贼都偷去了。

秦歌就说，周尉，你在法庭上，和派出所的人特熟，报案没有？

周尉说，我昨天就给说了，今早来了两个人，问了案情，做了笔录，说有结果就通知的。

秦歌说这就好。

母亲起身做去饭，我们都挡她不要做了，说饭刚吃过，一会儿就走的。母亲的脸色就不好看，执意要做，说难得一家人在一起，我给咱做一回拿手饭。父亲就说你妈又显夸她的擀面手艺呢。母亲说我擀面的手艺在全村都是一名二声的。

妯娌几个就偷偷地笑，手工面夜市上多的是啊。

父亲也起身开了蜂窝煤炉子，架了炒勺，在案板上切起肥肉片子来。兄弟们就说，爸，您就别忙乎了，我们一会就走的。心里说，这年头，谁还吃肥肉啊？

母亲是明显地老了。她擀的面还是那样细、薄、匀，但已没有了先前的光滑和柔韧。秦歌明白，那是母亲的手上没劲，面就和的软了的缘故。父亲的手颤动着，肉片就薄厚不一、大小零乱。

父母忙活了大半天，一家人终于坐在了堂屋的方桌上。父亲打开两瓶精装五粮液，五个男人就喝起来。喝着喝着，就喝多了。就热闹了。周尉和三个哥哥吆五喝六。也许是酒喝多的缘故，一桌子的人把被贼偷的事放到了脑后，洋溢在父母脸上的不是忧愁而是欢乐。

天色暗下来，儿子、儿媳、女儿、女婿一个个又都走了。偌大的院子，偌大的房子又只剩下两个头发灰白的老人。

站在门外，看着渐渐远去的孩子们，两个老人轻轻地摇了摇头。

父亲进屋后，拿起电话，喂！山子啊。戏演结束了。你给姑父把钱拿过来吧！

姑父，什么钱啊？

不是说好的，让你昨天过来偷我一次吗？你几个哥几年都不回家，你姑妈想他们啊。

哦。您看我这记性。姑父，可我昨天临时有事，就去西安了。

啊？你、你在西安？

是啊！

那，那昨天是谁偷了我家？两千多块啊……

父亲握电话的手久久没有放下，怔怔地站在那儿。那边电话中还在喊，姑父！姑父！你怎么了？

撵走和撵不走的

财旺下决心要把杨德意撵走，想尽一切办法。

给财旺出主意的是多宝。多宝说，财旺，不把洋洋得意撵走，你这网吧就开不成。多宝说完这句话，颠倒面前的啤酒瓶“咕咚、咕咚”灌了两口。财旺也灌了两口酒，说，咋撵？那个黑不溜秋的老头。多宝说，兵书上不是说先礼后兵嘛，咱也给他来个先礼后兵。

财旺把网吧开到这个距县城80公里的乡政府所在地，就是看好这个地方有个初级中学。乡医院、信用社、初级中学都在乡里的一条土街上。这里一年就一个集日，在腊月的二十三。平时街上很少有熙熙攘攘的人流。街道两边开了几家服装店、几家杂货店，也是要死不活的样子。唯一有点现代气息的是有一家打字复印部，承揽了乡政府、学校等部门的资料打印和复印业务。财旺是在那年的腊月二十三日逢集时来到这个地方的。财旺在街上转了个圈，就看到在这个街上开家网吧绝对赚钱。财旺的表兄就在县城开了个网吧，白天黑夜上网的人都是满满当当。仅仅一年，表兄就赚了个盆溢钵满。

财旺办好了各种手续，在土街租了房，搞装修、拉电脑、挂网线……不到半个月就开张了。财旺的生意确实如他所料，那些学校的学生三五成群地来网吧看稀奇，试探着上网，慢慢的，夜夜有上通宵的学生。土街山高皇帝远，财旺的网吧没有人来管，花花绿绿的票子就不分昼夜地进了财旺的口袋。生意好了，财旺雇了两个辍学的小姑娘坐吧台，自己在网吧门口支一张桌子，撑一顶遮阳伞，安一把椅子，端一壶茶，优哉游哉做起了跷二郎腿的老板。

财旺的桌子上总摆一副象棋，有兴趣的闲人就坐在财旺的对面，不管认识不认识，隔了楚河汉界就厮杀起来。财旺好这一手。来者多败北而走。这天，财旺的对面坐了一个又瘦又矮的老头，脸乌黑，就是那双眼睛像鹰一样犀利。老头只看了财旺一眼，财旺心里就不由打了个寒战。老头也不说话，捉了红子，说一句，你先。财旺说，你是客，你先。老头也不谦让，先走一步。这局棋下了个天翻地覆，从早上到傍晚还分不出胜负。财旺没有想到在这个偏远的土街上还能遇到这样的高人。你是想赢赢不了，想输也输不利索。夜色笼罩，网吧门前的红灯亮起来。财旺喊那两个女服务员的名字，喊了半天，一个也没出来。财旺骂骂咧咧地走进网吧，这才看到整个网吧里一个人也没有。再看吧台后面，那两个女服务员也不见了。

财旺走出网吧，老头已起身离去。远远的路灯光下，老头瘦小的身影在街面上却拉得很是高大。

财旺找来了多宝。多宝说我知道为啥了。都是洋洋得意惹的祸。多宝说只需如此如此。

财旺听了多宝的话，通过多宝找到老头的熟人，通过熟人约了老头到土街最高档的酒店喝酒。老头走进酒店的时候，看见财旺，眼睛一亮，嘴角露出一丝不易察觉的微笑。老头说，我先上趟厕所。老头再进来时从容多了，敬酒就喝，敬烟就抽。不管桌子上的人说什么话，老头都“唔唔”地答应着——原因是老头的嘴里总有东西在囫囵着。财旺起身去结账，吧台服务生说，有个黑瘦的老头已经结了。

财旺面前的桌子上已没有了象棋，但老头还来，还是坐在财旺的对面。老头对财旺说，讨一杯淡茶喝。一杯茶喝淡了，老头就抽烟，很劣质的烟。老头咳嗽的时候，财旺莫名其妙地想起父亲。但财旺想到他网吧没有生意，就恨不得骂这个人是龟孙子。

必须把这个人撵走！财旺下了最大的决心。敬酒不吃吃罚酒！多宝说。财旺对多宝说，这件事你来办。给他点厉害，但又不能闯祸。多宝说，我知道。你放心。

第二天，老头拖着一条跛腿还是坐到了财旺的面前。老头看了财旺一眼，鹰一样的眼神。老头说，取棋吧。今天让你输个痛快！老头说完这句话，又剧烈地咳嗽起来，头上短短的白发在冬日里的阳光下剧烈地抖动着。财旺的心里又莫名其妙地痛。他又想起了父亲。

财旺转身拿出象棋，说，杨校长，我服了你！下完这盘棋，我就走。连网吧一起走。

唱着生活的男孩

电视台记者长毛是在那个冬日的下午看到那个唱着生活的男孩的。男孩坐在特制的轮椅上，一只小儿麻痹后遗症的脚搭拉在地上。男孩穿着一身深蓝色的制服，头上是一顶同样深蓝色的阔檐帽。男孩的另一条腿和音箱被一块蓝色的布幔遮挡住了，音箱上面就是男孩讨生活的电子琴。猛一看男孩头戴的麦克风和男孩脸上从容、自信的表情，你看到的仿佛不是在大街上唱着讨生活的人，而是有一定台风的歌唱家哩。

长毛就是被男孩脸上自信的表情、灿烂的笑容震惊了。震惊了的长毛就打开了他随身携带的数码相机，抓拍了好几张男孩醉心歌唱的特写。最让长毛感动的是，男孩自己根本动不了，轮椅是要人推着才能动的，而那个在男孩身后推着轮椅的人应该是男孩的母亲吧，朴素的家做袄上套一件很俗气的大花罩衣，领口处的扣子也没有扣上，露出里面粉红色的内衣。蓬乱的头发下是一张饱经风霜的脸，母亲的脸上永远是一副麻木的表情。也许是生活的重负太沉重了，母亲的心已经宠辱不惊了。但，只有母亲的爱才是孩子永远的支柱啊。

男孩的脸上没有乞求，也没有惯常讨生活人的可怜相，他就是用心在唱，用全部的感情在唱。街道两边门市部的人快步走到男孩面前，在他的电子琴上放上五元、两元。男孩说，谢谢、谢谢老板！祝您生意兴隆！路上的行人也驻了足，脸上都是欣赏的表情。一个小姑娘，一个老太太从身上掏出一块、两块钱给男孩送去，男孩点头，说谢谢小妹妹、谢谢老大娘！男孩在说谢谢好心人的同时，脸上是虔诚的，是真心的。男孩的脸上始终是灿烂的笑容。

男孩在唱。男孩的音质好极了，男孩的台风也好极了。你根本注意不了他的下半身，他吸引你的是他从容、潇洒的上半身。男孩身上的自强不息、自信从容让你根本感觉不到他是一个高度残疾的人。有人从二层楼上的窗户给男孩扔下一个红色的塑料袋，沉沉的。男孩的母亲拣起来，里面是一张和小木块捆在一起的十元钱。男孩抬头看到的是一张同样善良的脸。男孩对这张脸说谢谢！谢谢！

长毛始终走在男孩的前面，他要抓拍几张最好的照片，拍一段最好的 DV 在电视台做节目。长毛的肩膀忽然被人拍了一下，长毛这才发现他已经站在眼镜的门市部门前了。眼镜是长毛的高中同学。眼镜说，做节目啊？长毛说，职业习惯嘛。眼镜就说，给我和那个唱歌的小伙子来个特写好不好？我给他五十元。长毛就说，那敢情好啊！就退一步做好了拍照的准备。

这时候，男孩的母亲不知道干啥去了，男孩动不了，只能在眼镜面前的马路对面自顾自地纵情歌唱。眼镜就冲男孩招手，冲男孩喊，嗨，过来！嗨，过来！

男孩看了一眼眼镜，仍然在唱他的歌。马路边摆摊的小伙子给男孩送去五元钱，男孩仍然说谢谢、谢谢老板！祝您生意兴隆！

眼镜就对长毛说，小伙子的母亲怎么还不来，她不来，小伙子想来也动不了啊。

大概十分钟吧，男孩的母亲终于来了。她推起男孩的轮椅掉转了头。眼镜就喊，嗨，过来！嗨，过来！眼镜在喊第二句时，就把手伸进腰间的钱包里，抽出一张五十元的票子晃了晃。

周围人的目光一下子都冲眼镜射过来。

奇怪的是，男孩的车子在他母亲的推动下，从眼镜的眼皮底下很从容地向前走了。母子俩看都没有看一眼眼镜，男孩很专注地唱着他的歌，母亲的脸上很平静，像风吹过的湖面很平静。

眼镜张大的口和扬在空中捏钱的手定格了。长毛握相机的手也定格了。

周围看热闹的人群在一阵子的定默之后，不约而同地鼓起掌来。

河滨南路，绿柳树下，那个轮椅上的男孩在母亲的推动下，如醉如痴地唱着，他的歌在冬日的阳光里更显温暖。

红 颜

红颜是洛州城有名的艺妓，在翠红楼拿大。

红颜本名严碧君，祖父是晚清举人，做过一任知县。到她父亲手里尚有前厅后院，18 间房子。朱门红窗，花圃草坪，大门两边蹲着一对石狮子，威风凛凛的。父亲在祖父的言传身教下，倒也有出息，上了省立师范，毕业后回到家乡在县立中学供职。膝下一儿一女，女儿便是碧君。碧君自小在祖父、父亲的教导下，棋琴书画无所不通，人情礼义没有不晓。只可惜父亲生了一个不争气的儿子，自小就和一些纨绔子弟打架斗殴，吃喝嫖赌。有一回让官府捉去关了两个月，严举人掏了一千大洋才弄出来，老举人一世清名，出了这个败家子，有辱门风，着了一口气，倒下后就再也没起来，不久就离世了。碧君的父亲在 36 岁那年，出了一个意外，被车撞死了。碧君的哥哥这下无了管束，不久祖业就荡然无存，又欠了一屁股债，碧君被仇家卖到翠红楼。翠红楼的老鸨知道碧君的身世和一肚子学问，可惜她，就答应了碧君卖艺不卖身的请求。

来找红颜的都是洛州城的达官显要。在翠红楼的最高层、最里边有一间收拾得极尽清雅、满屋清香的房子。红木桌椅，景德镇茶具，外加古色古香的一副清人所画四扇屏，靠墙竖着一把古琴，朱红色的，被主人的玉手磨得又光又滑。窗前案几上焚着一炉香，袅袅而上。来了客人，红颜就抱了古琴，合了客人的意思轻歌慢唱，一曲《小楼昨夜又东风》让人愁肠欲断；一曲《昭君出塞》让人一听三叹！就有一位不识好歹的地皮，拿了五百大洋，买通老鸨，要破红颜的身，面对一堆白花花的大洋，红颜怒发冲冠，以死相告。老鸨和地皮终于讪讪退下。

县保安队司令长得仪表堂堂，一表人才，能文能武。没事总爱来红颜这儿坐坐，喝几盅紫阳青茶，品几口泸州老窖，听几曲古琴小调，末了，就和红颜古往今来的闲聊。时间长了，两人就熟了，无话不谈，司令看上了红颜的年轻美貌，知书达理。红颜爱上司令不趾高气扬，满腹诗书。但当司令提出同床时，红颜拒绝了。

红颜说："要么你把我赎出去，娶回家，当小的都行；要么你让我死！"

司令说："难道你还不相信我吗？"

红颜说："相信你是一回事，娶不娶我是另一回事。要知道，我是卖艺不卖身的！"

司令说："等我，我会把你赎出去，我会娶你的！"

那一年的秋天，日本鬼子占领了洛州城。鬼子小队长是一个中国通，叫山本一郎。山本一郎进了县城，上了城东的燕子山，拜了关公；去了城西的药王庙，上了一炷香；又去了县立中学，拜访了著名教育家卫明道先生；就径直来到翠红楼，指名要见红颜。

山本一郎穿一身浅蓝色格子西服，大背头梳理得整整齐齐，没有带一个侍卫。同样的，喝了紫砂壶泡的紫阳青茶，听了红颜荡气回肠的琴音。山本一郎听着听着就不对了。

山本一郎问红颜："你弹的是岳飞的《满江红》？"

红颜说："你们日本人不在自己家里过日子，偏偏跑到我们这儿烧杀抢掳，不知道是为了啥？"

山本一郎说："你们中国人是东亚病夫，我们是帮助你们，共建共荣啊！"

红颜不语，泪流满面，她亲眼看到日本鬼子进攻县城时，保安司令率领子弟兵奋勇抗击，最后浴血沙场的一幕。

山本一郎不懂，我并没有带兵，并没有提出非分要求呀？

山本一郎仍和先前的保安司令一样，闲着没事就来翠香楼，来喝几盅紫阳青茶，品几口泸州老窖，听几曲古琴小调，末了，就和红颜古往今来的闲聊。时间长了，山本一郎就提出了非分要求。没想红颜这次竟答应了。

翠红楼的人都骂红颜，就连老鸨都骂她"宁把身子给日本鬼子，都不给中国人，汉奸透顶了！"

话还未说完，就从红颜的房间传来一声杀猪般的号叫。

红颜死了，山本一郎也死了。

指　印

陶阿姨回到家的时候，两只手都占满了。一只手里提着小葱、嫩豆腐和一棵小白菜，另一只手上提了包子、红豆稀饭。陶阿姨去厨房放了菜，拿小号搪瓷碗盛了稀饭，从筷子篓里取出细瓷白小勺，来到卧室。

老伴还躺在床上。灰暗的卧室和外边简直就是两个世界。浑浊的空气里间杂着说不清的霉味。陶阿姨把手里的稀饭、包子放到案桌上，开始给老伴穿衣服。老伴的身体好沉啊。陶阿姨要跪在床上，使了全身的力气才勉强把老伴拉得半仰着靠在靠背上。穿好内衣，好不容易套上外套，陶阿姨已是大汗淋漓。

陶阿姨下了床，端来稀饭，说，先喝口稀饭再吃包子吧。陶阿姨说着话，就用小勺盛了稀饭，又用嘴唇试了一下热冷，这才送进老伴的口里。喝儿口稀饭，咬一口包子。陶阿姨在稀饭和包子之间来回换手。一顿饭，也吃得陶阿姨上气不接下气。当然了，上气不接下气的还有床上的老伴。

给老伴抹了嘴，收拾了碗勺，陶阿姨这才给自己做早点。陶阿姨的早点是昨天下午的剩饭。老伴说了，倒了怪可惜的。我们当年不是连剩饭也吃不上吗?

陶阿姨吃过早点太阳已经照到了阳台——是该推老伴出去晒太阳的时候了。好不容易把老伴弄上轮椅，老伴忽然说，我……我要上厕所。陶阿姨在心里说，老不死的，也不早说。刚才不是已经上过厕所了吗?陶阿姨嘴上什么也没说，她把老伴的右胳膊搭在自己的肩膀上，用自己的手握了老伴的手，左手环了老伴的腰，扶着老伴去厕所。厕所的坐便器上她早用棉布棉花缝了很厚实的坐垫。老伴坐在那儿方便，陶阿姨就在一边扶着，生怕一误之间出了差错，没法给孩子交代——老伴的儿子在西安工作，女儿在州里上班。正因为没人伺候老人才找了陶阿姨。老伴解手结束，用那只哆哆嗦嗦的手去揩屁股。陶阿姨一把夺过老伴手里的纸，看把你能的，又要弄的满屁股都是啊？说着话，就开始给老伴擦屁股。

室外的阳光真好啊。空气中也充满了阳光的味道，干爽、清新、热烈的味道。河滨南路，依依的垂柳下，不时有熟悉的人和老伴打招呼。也有和陶阿姨熟悉的人和她嘘寒问暖。说着笑着就到了河边的亭子。亭子里，有头梳得油光溜滑的退休老干部，也有穿黄马甲扫马路的老女人，更有囫囵囵裹一件看不清颜色对襟袄的乡下老汉。这些人围着亭子里的一张圆桌，手里捉了细长的“花花牌”，高一声低一声玩得很是开心。

有人看见推着轮椅的陶阿姨和老伴，就上前打招呼，老局长，出来晒太阳啊！老伴勉强点头。陶阿姨说，是啊！是啊！今儿个太阳好！

看了会牌，他们开始往仓颉大道走。那儿是新辟的步行街。亭台楼阁，山水一色，红花绿草，红男绿女，确实是老年人散步的好去处。老伴忽然问，今天买菜的账还没算吧？陶阿姨恍然大悟，左手一拍脑壳，你看我这脑子，一忙，就给忘到爪哇国去了。豆腐一斤一两，一斤一块八，一两一毛八，两块钱；小葱一把一块；白菜八毛一斤，不到二斤，一块五；包子两块；稀饭一块。一共是七块五。这是找回的两块五。陶阿姨把两块五毛钱递给老伴时，满脸的平静。

这天晚上，临睡前，陶阿姨怯怯地对老伴说，今天31号了。老伴睁开紧闭着的眼睛，“哦”了一声，这日子过得可真快啊！一个月又过去了。老伴哆哆嗦嗦从枕头底下取出一个颜色发黄、揉得皱巴巴的小本本，翻开了。然后从贴身衣服里掏出200元钱交给陶阿姨。孩子打电话说了，物价上涨，从这个月起给你200元，以前的咱就不补了。你在这个本本上按个指印。

陶阿姨拿过本本，那上面按满了密密麻麻的指印，红红的。只是以前的指印下是150元字样。陶阿姨没说一句话，左手无名指沾了红红的印泥，重重地按下去。陶阿姨知道，这个称为“家”的组合已经存在六年了，但她只是眼前这个男人的老伴，不是爱人。永远不是。

大总管

大总管我们都叫他绑牢，他自己呢，喜欢写作永贤，当然是在需要用笔来写他名字的时候。比如，村里过红白喜事的桌面上，二指宽，一乍长或红或白的纸条上就是“吴永贤”三个字。

大总管的父亲在世时，也是我们吴洼村红白喜事的总管。在我们吴洼村，结婚盖房、老人过寿，孩子满月、周岁是大喜事，是红事；老人过世，头周年、三周年是白事。常言说得好，娶媳妇盖房，大家帮忙。可这帮忙的事总需要一个着头的人啊！这个着头的人就是总管。这总管也不是从村里随便拉出来一个人就能当的，能做了总管的人在村里要有一定的威信，要全村百十户人家服你才行。

那时候，人们生活都艰难，谁家过事了，来客就真的是坐“席”，拉几张用芦苇编的晒粮食的席子铺在院子里，上几碗白菜萝卜、荤菜就是用萝卜丝炸的咸丸子，用蒸红薯炸的甜丸子。捞饭呢，是用高粱米做的黏饭。这样的总管好当，就是招呼个来客，安排个端饭上菜。

绑牢当总管的时候，已经到了上世纪末，过红事有彩车，有摄像，过白事有灵棚，有响器班子，来客再也不会席地而坐了，有四条腿的方桌和四四一十六条腿的四个条凳。

过事的头三天晚上，主家必要到自家屋里（爷爷的爷爷这一门里的子孙）家家门上，拿了烟，把男人都请到家里，备了酒，备了菜，边喝酒边说事。主人说，过事哩，要请自家人都来帮忙哩。绑牢就喝一口酒，接了主人的话说，太阳从家家门前都要过哩。过事就凭的是自家屋里人。咱都辛苦些，把这事过好，不要让人拨弹，也不要让吴洼村里人笑话。这几句开场白说过，就开始安排任务，自家屋里人每家都要拿来一张桌子，四个条凳，自家没有就去村里借；谁谁谁找八个上菜的方盘，谁谁谁找八个端饭的盆子，谁谁谁负责发烟，谁谁谁负责倒酒，谁谁谁负责担水，谁谁负责上汤……安排好了，绑牢就会用随身带的笔列出名单，拿在手里扬了扬，说，白纸黑字，到时候要兑现哩。

过事那天，绑牢迟迟不来。主人拿烟去请了，他才姗姗而来。只有在这天，绑牢才穿上他从县城买的四个兜的黑色呢子制服，左上兜里插支黄铜色笔帽的钢笔，头戴一顶深灰色的军便帽，给院子一站，威风十足。边上就有人就说，呵，大总管来了。

大总管来的第一件事，就是给院子里的桌子贴纸条。红事用红纸，白事用白纸。谁的桌子贴谁的名，桌子、凳子要物人对证，然后就是检查方盘拿来没有，端饭的盆拿来没有……小学都没念完的他为了写给桌子上贴的纸条，硬是练出了一手能看入眼的毛笔字。

吴洼村的另一个人物是吴展鹏，不到五十岁就做了县上分管农业的副县长。吴县长的父母年龄大了，住在老家三间土房里，种三分自留地，常年有新鲜蔬菜吃，硬是不去县城住高楼大厦。话说这年的十月，吴县长要给他的父亲贺七十，厨子是从县城请来的，乐队也是县城最有名的双胞胎乐队，摄像是电视台请的专业摄像师，按说，这样气派的过寿是吴洼村从来没有过的，可过事那天，刚刚开始就乱了套。不是有桌子没凳子，就是饭都上来了，菜还没上齐。这时候，才有人说，大总管呢？咋不见大总管？

吴县长就纳闷，什么大总管？

本家叔父就问他，你没有请绑牢啊？他可是咱们村红白喜事的大总管啊！他来了，一切就都顺了。

吴县长就想，我堂堂一县之长，全县四五十万农民都是我管哩，竟管不了一个几十人的过事摊子？但面对这个一时失控的局面他还真是不知如何着手。

吴县长终于还是拿了烟去请了绑牢。

穿戴整齐的绑牢给院子里一站，大总管的威风就淋漓尽致地表现出来。谁谁谁的凳子没拿齐，赶紧给我回家取去，我知道是谁耍奸哩！谁谁谁做端饭的头，谁谁谁领上菜的班，给我好好看着席面上，出了事就找你俩哩！

说也怪，大总管给那儿一站，凳子也齐了，端饭上菜的也秩序井然了。

吴县长心里暗暗说，真是县官不如现管啊！

过了几年，村里有一个年轻人叫吴俊的，从南方打工回来，冷不丁成立了个红白喜事一条龙服务公司，桌凳、乐队、厨子、服务员全程提供。吴洼村方圆几十里的人家过事都来他的公司联系，人们再也不需要请自家屋里人帮忙，也就再也不需要大总管了。

绑牢一下子失去了大总管的身份，那身呢子制服就不见他上身了。不到半年，绑牢就明显的老了，背驼了，头发花白了，说话也中气不足。

这一年的春节，已经从县长位子上退下来的吴展鹏轻装简行回到吴洼村老家。父母已经去世，面对生于斯长于斯的三间土房，吴展鹏回想自己一路走来的仕途，轻轻地摇了摇头。

绑牢恰好路过这儿看见了这一幕，心下顿时释然。他走过去，和吴展鹏打了个招呼，说，老弟啊，你回来了……回来了好啊！回来了好……言毕，大笑而去。

演丑旦的男人

一顶帐篷，一把架子鼓，一台电子琴，两个唢呐外加一套很旧的音响设备，商州老贺乐队就红遍了商州的沟沟岔岔。

乐队红火的主要原因是有其他乐队没有的丑旦。

粉红色的帷幕挂起来，彩条布铺在乡村的土地上，戏就开场了。生、旦、净、丑，一招一式和县剧团的专业演员不分仲伯，唯一的不足是戏装没有专业演员的鲜亮。

从来的丑角皆为男丑，脸谱的特点是在鼻梁骨上抹一小块白粉。老贺乐队的丑角是女丑，专业术语叫“丑旦”，戏剧中的闹剧人物。化妆和衣着又不走常规而是另辟蹊径。桃红色打底，到周围渐渐淡去，及至耳根、发梢变白。细长的眉毛黑黑地道两边往上浅浅一翘，生出几多风流；大红的唇膏勾勒出性感的唇线最后往下一收，显得风情万种。头上是梳成无数小辫的长发，身上是低领蓝毛衣透出贴身猩红的吊带内衣，外罩长可及膝的驼色棉坎夹，胸部就鼓起两个弹性十足的馒头山。随着葱绿色灯笼裤的摆动，两座山就颤颤悠悠。

丑旦左手握了话筒，右手不时把那两座山往上托托，间或用拇指和食指捏了不安分的两座山上贴的衣服，往上扯扯。院坝里坐席的客人停了手中的筷子，目光就被吸引到山峰上。

电子琴手微微弯了腰，两只手指在键盘上飞快地滑动，那个架子鼓手丢下手中的鼓槌和竹棍就成了流行歌手。一抬腿，一扬手，一闭眼，一仰头，长发一甩，歌就唱得神采飞扬。丑旦又套一件水袖长衫，长袖善舞，舞步又变化无常。忠字舞、秧歌舞、还有迪斯科、时下流行的街舞，举手投足之间，动作的夸张、失态赢得看客们一波又一波的喝彩与掌声。

一首“叫一声乡党——老陕!”自编自唱的流行歌曲更是把看客的情

绪高涨起来，叫好声风起云涌。

丑旦的舞步疯狂地扭动起来。水蛇腰，风摆柳，提臀，扭胯，劈叉……忽然，丑旦的脚下一滑，摔了个仰八叉，头就滚到了一丈开外。丑旦慌忙爬起来，却是一个光头、方脸、五十开外年龄的男人。男人一手拿了假发套，一手握了话筒说：“献丑了！献丑了！”

献丑了的男人其实就是乐队的老板老贺，也是乐队的台柱子。老贺原来是县剧团的旦角。年轻时演花旦，中年演老旦。后来剧团没市场解散了，老贺就窝在了家里。

窝在家里的老贺肩不能挑，手不能提，庄稼就做得一塌糊涂。出门打工年龄大了没人要，做生意又没本钱。眼看儿子要上大学，女儿要上高中，老贺急得团团转，就是寻不下挣钱的门路。

那一天，老贺去老表家给姑母过三年，看了老表请的自乐班，说是过一场事要六百元的。老贺心里一动，我何不搞个自乐班呢？这心思一动，就回家和老伴商量。老伴说：“能行吗？”老贺说：“行！准行！豁出我这老脸也要给娃挣下上学的钱！”

老贺的乐队因为有丑旦压台，商州、洛南、丹凤三县有过事的，就都争着请。一年四季，除了夏秋两季农忙，乐队的生意就没停过。

老贺的丑旦跳着、唱着，儿子就大学毕业了。参加工作的儿子谈了一个对象。对象是县城里的女子，也是大学生。春节回家，儿子和对象去邻村游玩，见有人家在过事，院子里的乐队热闹异常。对象就拽了儿子：“走，看看去！”儿子不去，说：“有啥看头，乡下的野戏班子。咱回家看VCD去。”对象偏不，拉了儿子的手就走。

帐子里丑旦正唱得起劲，舞得欢实。帐前看戏的掌声、叫好声此起彼伏，高潮迭起。丑旦一跤跌倒，站起时一手拿了假发，一手握了话筒：“乡党们，献丑了！献丑了！”

对象的脸色忽然晴变多云，多云变阴，阴变雨……转身就走。儿子撵也撵不上。

晚上，在25瓦灯泡昏黄的灯光里，儿子对父亲说：“爸，别演了！丢人！”

父亲的头低着，没应声，重重地叹了一口气。

女儿今年秋后就要上大学啊！

二贵的风流事

二贵骑着一辆除了铃不响啥都响的破自行车走村窜巷收头发。砚川河两岸的南北二塬没有人不认识他的。二贵的自行车头上常年挂着一个黑色的人造革皮包，上面是白色的“上海”两个字。二贵先是用嘴喊——收头发！到后来就在车头上挂了一个喊话器——收头发！收头发！收头发的人儿要的大！走村串户多潇洒啊，给个县长也不当啊……

这一天，二贵来到县东的梁头塬上，刚一进村，喊话器刚开，就有一个女人从大门走出来，喊，收头发的，过来一下。二贵关了喊话器，走进村子东头有楼门的院子。红砖砌成的院墙里，院子用青砖铺了，在南边的院墙边有一个花圃。里面有一棵桂花树，树下有绿的草，红的花。花栏边有女人刚刚洗衣服的盆和桶。女人看着走进门的二贵说，头发咋收的？

二贵说，要看东西才能说价。

女人说，一尺长的。

二贵说，一尺长的一斤给八十。

女人说，你蒙人啊？那天有人给一百都没卖的。

二贵说，你先拿出来我看看。

女人却没有往外拿头发。女人看着二贵说，你先把车子撑住，歇歇凉，喝口水，看谁还能把你抢了？

二贵也笑了。看你说哪的话。谁抢我呀。不值。

二贵坐在女人端出的凳子上，抽出一支烟点起来。女人说，跑了一天，还没吃饭吧？我给你做点现成的。

山里人实在，这二贵知道。从来窜乡做生意的小买卖人都是走到哪儿吃住到哪儿。有一句话这样说“有饭不吃是呱子，有觉不睡是傻子。”但二贵还是被眼前这个漂亮的女人给弄糊涂了。二贵说，我刚吃过。女人说，刚吃过，在谁家吃的？现在天都快黑了，还不饿啊？我也要吃的。多添一瓢水的事。

二贵的肚子这时偏偏不争气，偏巧就咕咕叫起来。女人笑了，露出两排洁白整齐的牙齿。二贵两支烟抽完，一杯水喝完，女人的饭就做好了。一盘凉拌豆角，一盘魔芋豆腐，一盘炒苦瓜，一盘青辣子炒腊肉。两碗红高粱酒。女人说，大哥，出门在外就不要客气，客气了肚子受罪。

二贵说，出门人四海为家。吃的百家饭，穿的百家衣。是乡里乡亲养活着啊。碰到谁家就吃到谁家，真不好意思。

就这样，女人和二贵有一搭没一搭地说着话，喝着酒，不觉就喝高了。他哪里知道女人在酒里做了手脚啊。二贵的脸红红的，像三国戏里的关公。二贵的心里清楚，说，我没醉，我没醉。女人也说，你没醉！你怎么会醉呢？你才喝了一碗酒啊！女人就又给二贵舀了一碗酒。这回是米酒，说，这是今年才酿的米酒，今天才开坛。来，好好喝两口。女人先喝了，用素手抹了一下嘴巴，冲二贵扬了扬手中的空碗。二贵端起面前的蓝花白瓷碗，仰起头，咕嘟嘟就喝下去了。

女人说，还能喝吗？

二贵说，我没醉！

女人说，你没醉！我醉了！今晚就住到我这儿吧。你看，天都黑了。二贵头脑还清醒着，他在想这女人是不是想得我贴身口袋里的200多元钱呢。我不能在这儿过夜。你——你男人呢？

男人去南方打工了。两年了。没有音信了。

二贵那一个夜里就在女人家过了夜。二贵醒来时，窗纸已经白了。女人正在院坝里“咕咕咕”地喂鸡。二贵一下子清醒了。他拍拍头，还是晕乎乎的。看身上盖的被子，还是新崭崭的。二贵赶忙去摸搭在床边椅子背上的衣服口袋，还好，硬硬的还在。二贵穿好衣服，从贴身口袋掏出200多元的零票子，从中抽出三张十元的放在枕头上，就要出门了，又从怀里抽出两张十元的票子，转身放到枕头上。

这时候，女人进来了。女人看到枕头上的票子，笑了。女人说，你以为我会要你的钱吗？我又不是婊子！二贵还要说什么，从楼门外走进一个长得高高大大的男人。进门就喊，小慧！小慧！

女人就出去了。

二贵看见女人和男人低了头说着什么话。二贵的心就紧了。二贵知道今天这一劫是躲不过去了。心想，就是这一块子肉，就是这 200 多元钱，随他吧。谁叫你着了这个道呢？活该！

二贵正想着，女人和男人进来了。男人看着二贵说，你说咋办？公了还是私了？

二贵说，公了咋说？私了咋说？

男人说，公了，马上把你交到派出所；私了，你拿出 1000 元就算完了。

二贵还没说话呢，女人倒先“扑哧”一声笑了——看把你吓的尿了一裤裆。我们不要你的钱，还要给你钱呢。但有条件。

男人给二贵发了一支红河烟，说，实话给你说吧，我们有的是钱，就是没有儿女的命。你在这儿的一切都不要说出去，啥时候我女人怀孕了，给你 5000 块。二贵的眼睛瞪得像铜铃一样大。

男人给二贵 500 元，说这是你的压惊钱，又掏出 500 元说这是你的喝酒钱……

二贵离开梁头塬后，好几年没有去过那儿了。五年后，二贵偷偷去了那儿一次，却见那家的楼门紧锁着，看那锁子已经生锈了。二贵就问旁边的住户，人家说，那家人三年前就带着儿子上山西了。那儿子好聪明啊！

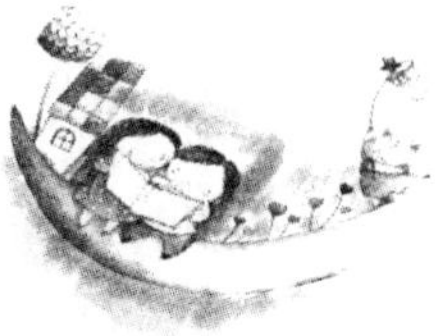

作家鱼得水

鱼得水是我们洛城文化馆的馆长。

认识他时我才19岁。那年县上举办文学创作座谈会，我因为在中学生报上发表了几篇作文，在语文老师的推荐下，成了这次与会成员中年龄最小的一位。正因为年龄最小，也引起了鱼得水的注意。会议休息时间，他特意来找我，看了我带来的几篇习作，大加赞赏，拍着我的肩膀说，和我当年一样，有才气，好好写。

鱼得水走出房子，我就向身边的人打听这个人是谁？人家告诉我，你连他都不认识啊？他就是鱼得水，文化馆馆长，我们洛城唯一的作家。作品入了小学课本的。

后来洛城出了一张报纸《落霞》，报头还是著名作家姚雪垠写的。我看到报纸的主编就是鱼得水。我就从镇上邮电所给他寄了一篇小说（其实和作文差不了多少），很快就见报了。我拿着这张四开小报，高兴地逢人就让人家看我的文章发表了。看完文章的人不说我的文章，却问我，鱼得水是谁？这名字怪有意思的？我在小小的失落之余，告诉人家，他呀，是我们洛城最有名的作家！听的人就点头，脸上很敬重的表情。

有了这篇小说的发表，我写作的劲头更大了。隔三岔五就有文章写出来，写好了就寄给鱼得水。有一天，我收到鱼得水的一封散发着墨香的书信，薄薄的绵纸上，鱼得水的毛笔字娟秀飘逸。他先是赞赏了我的文章，接着很诚挚地指出我文章的不足，并且就某篇文章的细节和字词做出了很明确的修改意见。在信的末尾，还很客气地说，这只是我个人的看法，你自己再斟酌吧。有时间了来洛城我们再具体谈谈。

我后来在洛城文庙西边一个低矮的房子找到了鱼得水，房子是文庙的偏殿，土木结构，苫青色小瓦，瓦逢里长满了各色说不上名目的植物。脚下青砖铺就的台阶上布满了绿苔。鱼得水的面前是一张深红色的长条桌子，桌上有盏带灯罩的煤油灯，头上吊着一盏15瓦的灯泡。一个木制的笔筒里插了几支大小不一的毛笔和蘸水笔。此外就是散落的书和杂志了。鱼得水的身后就一张单人木板床，方格子布做的床单，一条薄被被他叠得方方正正放在床的正中央。

鱼得水让我坐在他的床沿上，他坐在桌前唯一的靠背椅子上，我们就这样面对面谈起了文学。他的脸上是认真和诚挚，我的脸上是谦卑和敬重——多年以后，我还能感到那种神圣和感动——鱼得水已经把我送出文庙的大门了，我才忽然想起我父亲给我包里装的一盒“哈德门”烟。我掏出来时，鱼得水瘦小的身影已消失在文庙大院郁郁苍苍的树荫里。

因为苦心经营小家庭，我有十多年没有写东西了。当我终于在洛城有了自己的房子和稳定的职业后，我又重新拿起了笔。也许是有了深厚的生活底蕴吧，我写的小小说在全国各地报刊陆续发表。这时候，我又见到了鱼得水。他已是我们小城日报的文艺部主任了。

在我的小小说创作研讨会上，已经头发花白的鱼得水说，江东的文学天分是他首先发现的，是他发表了江东的第一篇小小说，他曾经不厌其烦地修改过江东的文章……我在发言里对鱼得水的发现和培养表示了最诚挚的敬意和感谢。我说，我其实做得还很不够，我的文章还没有进入各类选刊和文摘类报刊。鱼得水说，江东你放心，以后发表了文章复印一分给我，我负责给你推荐。我在又一次感动之余，热泪盈眶，鱼得水鱼老师鱼老的文德真是我们写东西人的风范啊！

此后，我每发表一篇文章，就认真地复印几分交给鱼得水，请他附了意见推荐出去。几年里，有几家选刊和报纸转载了我的几篇文章，可推荐人不是鱼得水，有几个干脆署名“佚名”，我以为就是鱼得水，以他的文德我知道他是不愿意署名的。

过了几年，我到了报社文艺部工作，鱼得水已经退休了。我在整理档案室时，看到了鱼得水的成名作《小牛和小羊》，教材是上世纪60年代小城文革委员会编的，编排和纸质都很粗糙。我还意外地发现了我交给鱼得水的复印稿，我在惊奇之余，翻开看了，竟然一分也没有推荐出去。

杨可是

我是个新手，第一次参加文化馆召开的文学创作座谈会，听发表了小说的作家谈小说，发表了诗歌的诗人谈诗歌，还有在主流散文刊物发表文章的小城秀才谈“新散文联展”，才明白古人“听君一席话，胜读十年书”的道理。

就是在这次座谈会上，我认识小城怪才杨可是。杨可是是这样一个爱思考的人。在别人都发言的时候，他不像其他人要么端了一次性纸杯品茗，要么右手握了笔在桌面上轻轻敲击，要么装模作样地在本子上做笔记。他就是一个姿势，右肘墩在桌面上，右手握拳抵在下颚，头部略右偏，面向发言者，做出很认真听讲，很深刻思考的样子。

杨可是总是最后一个发言，也是总结性的发言。他会从古今中外浩瀚的文化长廊里找出名人的警句，会从历史学的深度、社会学的高度来谈小说家创作中使命感的不足，诗人诗歌里真善美的缺失、对散文作者选材的浅薄和小我写作状态的担忧……杨可是在讲这些话的时候，眉头紧蹙，满脸是“哀其不幸，恨其不争”的表情。

这时候，整个会场的气氛都凝重起来，好像大家都有了忧国忧民的思想和意识。刚才大谈小说创作经验的作家显得底气不足，高傲狂放的诗人也收敛了他高高仰起的头，得了奖的散文作者是大气也不敢出，那些刚刚涉足文学创作的爱好者脸上更是露出敬佩的表情。

杨可是一番纵古论今的发言总会引来小城文化领头雁文化馆馆长张思远的感慨和赞同，他说杨可是就是小城文学界的一面旗帜，他对文学创作中的思考在小城是独一无二的。小城的文学创作要更上一层楼离不开杨可是这样犀利的评论家。这样，杨可是在小城文学圈的地位就不可动摇。

小城另一个人物就是人称才子的邢大可。邢大可的小说早在上世纪末就上了省级刊物。进入本世纪，他有几篇小说被评论界的权威媒体

《作品与争鸣》转载和推介，这在小城文学圈引起了不小的震动。

张思远就专门召开了一个“邢大可小说创作研讨会”。自然是小城才子介绍他的创作状况，特别是入选《作品与争鸣》的那几篇小说素材、构思、技巧、语言等等成功之处。与会的小城文人在惊叹之余，给了小城才子最热烈、最诚挚的掌声。

只有一个人没有鼓掌，并且脸上露出不屑的笑容。这个人就是杨可是。邢大可在如林的手掌中看到了杨可是十指交叉的手，邢大可也在欢声笑语里看到了杨可是脸上的不屑。小城才子的脸上就挂不住了，微微起了一层红晕。掌声过后，邢大可径直走到杨可是面前，很夸张地鞠了个躬，我们尊敬的杨可是先生，小生这厢有礼了。听说你这几年也在“闭关修炼”，是写小说还是做诗？杨可是微微摇了摇头，邢大可说，哦，那就是贾平凹先生提倡的大散文了，发在哪家知名刊物啊？也拿出来晒晒，让大家一饱眼福哇！

满会场都是一片“是啊！是啊！”的声音。尤其是如我这样的新手，更是希望一睹早在小城文学圈久负盛名的杨可是的作品。

杨可是还是微微一笑，摊开两手，做了一个很夸张的姿势，说，我写不写并不重要，重要的是你的小说。故事！故事！完全就是一个故事嘛！小说要讲究很强的文学性和深刻的社会性，这是连中学生都明白的道理。中国的文学作品之所以拿不到诺贝尔奖的原因就在这里。可悲啊可悲！言罢，起身而去。

杨可是的女人写诗，很婉约、很美丽的那种，时不时地在各地报刊发表，在小城文学圈有一定的知名度，人称小城才女。认识杨可是的人见到了作品就在他面前恭维几句，杨可是总是伸手做一个打住的姿势。杨可是说，她那叫诗吗？纯粹的分行文字而已。一个小女人的无病呻吟而已。气得女人睡觉给他个凉脊背。

杨可是这样的话说多了，圈子里的人就不爱见他，就不爱听他说话。就连文化馆馆长张思远也对他起了反感，再开会的时候就不通知杨可是了。

第二年，杨可是做了单位的一把手。圈子里的人知道后都说，这下好了。杨可是本来就是做领导的材料嘛！

最后交代一句，杨可是只是他的绰号，他的本名叫杨克思。自从他不再出现在小城文学圈，小城就没有杨可是这个人了。而小城的文学还是小城文学。永远。

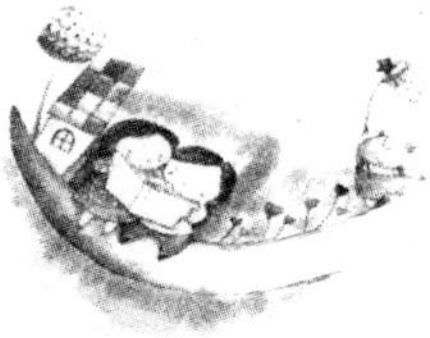

同　学

周陵接到李明电话的时候，犹豫了好一阵子。等到李明在电话那头喊，怎么，看不起老同学了？周陵才恍然大悟似的说了两个字——好吧！

周陵和李明再次相见已经是十几年以后的事了。那年，周陵从山外回来，拖儿带女的，在县城农贸市场摆地摊卖线衣线裤。中午的太阳光火辣辣地从半空中一泻而下，周陵的脸上就有了擦不完的汗水。这时候，李明过来了。李明头戴一顶雪白的遮阳帽，身穿工商干部的短袖夏装，嘴里叼着一支过滤嘴香烟，右耳朵上架着一支，右手握一支圆珠笔，左手里是一沓发票，拿发票的手的大拇指下也压着一支香烟。

李明乜斜了周陵一眼，就龙飞凤舞地在发票上画下 x 月 x 日，撕一张扔给周陵。那是一张壹元面额的收款收据。周陵以为李明没认清他，就喊了一声，李明！很惊奇、很高兴的样子。周陵想，李明在认识他以后，定会很惊讶地说，是你?！然后会把发票收回的，或者给他开一张五角的。李明又乜斜了周陵一眼，很淡地点了一下头，嘴里没有吐出一个字。周陵递过去一元钱，心里就冷到了冰点。他这才意识到他和李明之间已经不是原来那种关系了。

又过了五年吧，在一次县文联为周陵的诗集召开的作品研讨会上，周陵又见到了李明。周陵刚刚踏进华阳大酒店十一楼的会议大厅，李明就一步抢上前来，握了周陵的手说，恭喜老同学！祝贺你啊！周陵见是李明，很意外，一时间没了言语。李明身边的那个女人开口了，自我介绍一下，我叫王艳，是李明的爱人。也是你的忠实读者。李明接过来说，我爱人也是一个文学爱好者，也喜欢写诗，更喜欢读你的诗……

周陵还未来得及和那个女人说一句话，大会主席台那儿文联主席就喊，周陵，你快上前面来。会议马上就要开始了。

周陵十几年前读高中时，他的文章就在全国各地发表。小说和散文曾入选《商洛文艺丛书——文学卷》。那时，他才 19 岁，是商洛七个县最年轻的作者。只可惜，高考落第，婚后又为生活所迫，山里山外地跑，就把档子事放下了。这一放就是 18 年。现在，周陵在县城有了自己的店铺，有了自己的房子，那股不服输的劲头又上来了。出版了个人诗集后，短短两年时间，周陵的小小说在各地报刊频频发表。在圈子里已小有名气。

研讨会结束后，李明和爱人来到周陵面前。李明的爱人手捧周陵的诗集，恳求地说，请周老师填上您的大名吧！李明也掏出电话本，老同学，把你的电话给我留下吧？周陵在诗集的扉页上写了“请王艳女士雅正”在李明的电话本上留了手机、QQ、还有个人博客的网址。看到李明吃惊的目光，周陵轻描淡写地笑了笑。他要的就是这种感觉。周陵的心里不知怎么就想到了他摆摊时和李明见面的情景。李明说，很抱歉！去年同学聚会忘了通知你。今年一定来啊！周陵没有听清楚李明后边还说了些什么。转身就和文联主席说话去了。

仍然是洛州城里最上档次的大酒店——华阳大酒店。仍然是灯红酒绿，随着李明的一一介绍，周陵一一知道了所谓的同学聚会不过是成功者的聚会。开矿挣了大钱的，在政府部门当了大官的，还有当了阔太太的。这些人春风得意、意气风发，你祝我高升，我祝你发财；你敬我一杯酒，我敬你一支烟；说不完的荣华富贵，道不尽的阿谀奉承……酒至半酣，周陵借故上洗手间，悄悄地溜出来了。

路灯早熄了。走在夜色笼罩的大街上，周陵的心里空落落的。他忽然悲哀起来，心里好像缺了些什么。

远逝的纸鸢

过了不惑之年的吴纸鸢一直认为自己是光明磊落的，在遇见静修之前。

吴纸鸢做梦也没有想到他会遇见静修，在静慈庵。吴纸鸢踏进静慈庵青砖铺就的院落，走在两边修剪得很完美的冬青延伸的甬道里，就感觉到了透彻心扉的安静和清冷。在那一瞬间，他甚至产生了要退出去的想法。这时候，面前人影一闪，只打了个照面，他的心海忽然就掀起了惊涛骇浪。婧秀！真的是婧秀吗?

二十年前，吴纸鸢在洛城一中教书。他代的班级有一个漂亮的女孩叫婧秀。也许是早熟的缘故吧，两只乳房像两只不安分的小兔子总在胸前蹦跶。吴纸鸢是班主任，代的是语文课。婧秀是这个班的语文科代表。每天晚上下自习后，婧秀就抱了一大摞作业本来到吴纸鸢的办公室。吴纸鸢的办公室不到十个平方，进门靠窗位置是三个抽斗的办公桌，后面两步挨墙就是一张单人床了。吴纸鸢是个很干净的男人，桌面上的教科书、笔筒、粉笔盒，小到墨水瓶、回形针盒都摆放得井然有序；他的床单永远是平平整整、没有一点褶皱。被子叠得四四方方，有棱有角。吴纸鸢不像别的男人，胡子长黑了才刮，他是每天早上起床、洗脸、刮胡子，动作一丝不苟。这样，吴纸鸢就是整个学校最受女生欢迎的男教师。

吴纸鸢还有一个优点，那就是他的文章写得好。在洛城，没有哪个人在省报发表过严格意义上的文学作品。吴纸鸢就不同，他的散文常常在省报副刊发表。吴纸鸢最得意的事就是站在讲台上，声情并茂地朗读他发表在报纸上的散文或者一首小诗。左手握了报纸，右手时不时地做个夸张的手势。他朗读文章的时候完全到了忘我的境界。同样进入忘我境界的还有一个人，这个人就是婧秀。

婧秀上初中时就喜欢读《少年文艺》、《中学生阅读》，也尝试着写过散文、小说，还偷偷给《作文周报》投过稿。因为爱好写作，她差一点就考不上高中了。婧秀上了高中，本来想着不写了，好好补数学，谁知又遇到这个同样痴迷文学的吴纸鸢。婧秀的文学梦又被吴纸鸢给激活了。

婧秀的作文常常作为范文在作文课上朗读。吴纸鸢甚至帮婧秀修改了几篇作文投给《作文周报》。那天晚上，婧秀把作业本抱进吴纸鸢的办公室就再也没有出来。

学校还是太小。吴纸鸢和婧秀的事最终还是闹得沸沸扬扬。吴纸鸢在一个有月亮的晚上，在白杨树高高的操场上对婧秀说，等着我，我会娶你的。

吴纸鸢离开洛城，回到了他的家乡汉江之滨的小城。这一去就是二十年。

吴纸鸢来到洛城是以投资商的身份来的。经过二十年的奋斗，他已经是省城一家著名的房地产公司老总了。修复静慈庵是洛城政府在省城“招商引资”洽谈会上引进的项目。吴纸鸢鬼使神差地就投资了这个项目。

婧秀——

那个身影一顿。吴纸鸢赶上一步。婧秀，是你吗？我是——

穿一袭皂衣的女子头发盘在同样黑色的圆形布帽里。平静的脸面像院子里那一池秋水，一点波澜都没有。先生，你认错人了。我是静修。静慈庵的主持。

吴纸鸢回到宾馆，打电话叫来了洛城负责这个项目的老胡。老胡说，静慈庵的主持其实是洛城的名人。早年是一家发廊的洗头妹，后来做了发廊老板，再后来是洛城最大的娱乐中心“红满天”的老总，再后来进号子了，再出来时就隐姓埋名做了静慈庵的主持。没有人知道她的真实姓名。

吴纸鸢就更加确定了自己的眼光和判断。静修就是婧秀。吴纸鸢知道是他害了婧秀。当年他回到老家后，曾想着和老婆离婚，娶婧秀。恰在此时，岳父的公司总经理跳槽，老婆就让他走马上任了。

吴纸鸢第二次踏进静慈庵。只是他一个人。木几、木椅、木头色的茶具。淡淡的茉莉花茶。

婧秀。

我是静修。

当年是我对不起你——

我说过我不认识你。

婧秀。

我是静修。

我想着，你还年轻。这儿不是你待的地方——

我知道，您是这个项目的投资商。我不能拒绝和你见面。题外的话，请您不要说了。

婧秀。不管你承认不承认，我还是要说。为了弥补我的过错，我想请你来我的公司工作——

我不是婧秀。我是静修。

吴纸鸢不知道他是怎样离开静慈庵的。他只记得他的步履很沉重。只一夜，吴纸鸢的鬓边就添了几丝白发。

摄像头

邮电小区被盗，接手这个案子的是派出所的副所长苏眠。

苏眠的老丈人是老邮局了，十年前退休，苏眠和林丽结婚时，苏眠才分到派出所，工资不高，家还在农村，根本没有能力在城里买房。苏眠唯一的优点是有个一米八六的大个头。林丽喜欢，林丽的母亲也喜欢。结婚时，林丽母亲说，就接到我们家吧。反正我们家林华还小。林华是林丽的弟弟，当时才上小学六年级。苏眠的家就落户在邮电小区了。

小区被盗案发时，林华已经大学毕业。老爷子倾其所有，外加内亲外戚的帮助、苏眠出的两万块钱，给儿子在小城新区买了三室两厅。儿子也孝顺，接了老爷子同住。老爷子对林丽说，现在房价涨了，邮电小区这套房最少值七八万，苏眠出两万，这套房子就给苏眠了。邮电小区是上世纪90年代单位盖的家属楼，又黑又矮。外墙是灰色米石贴就，不像现在的瓷砖明光闪亮。有几处外墙墙皮都剥落了，远看着就像一个老人穿了一件破衣服。最要命的是住房面积小，加上公摊面积还不到六十个平方。有能耐的人都把房改后的家属楼卖了，然后添钱去买商品楼。可苏眠不敢想。苏眠和林丽生活了十几年，工资涨了，开销也大了。一个女儿上学，乡下两个老人有个头疼脑热，大病小灾的都是花钱的路。林丽常常当着苏眠的面说，后悔死了！当初刚刚看了你的高个子，哪知道高个子不能当钱使啊！

不管咋说，苏眠能在小城有一套住房，都是沾了老婆的光。当派出所副所长的苏眠在外总觉得高人一等，说话盛气凌人，回到家里，面对在邮局捡信封的老婆却是低眉顺眼，上得厅堂也下得厨房。

被盗的是西单元二楼住户。这套房是买的二手房，房主在市场做生意。从银行取了钱准备去西安进货，老家忽然来电话有事，回家一趟，想着晚上就能回来，谁知事情耽搁，回来已是晚上十二点多了，床铺底下的六千元现金全部被偷。从作案现场看，门窗完好无损，窃贼应该是从大门进来，然后用万能钥匙轻而易举入室行窃。

这个小区有门房没门卫，原因是六七成住户已经不是邮局家属。邮局也就不再管理这个小区。以前就常常出现盗窃案件，东家丢了手机，西家丢了电视；一楼车子丢了，五楼存折丢了。搞的是人心惶惶。曾有人说，每家出点钱，雇个门卫。说归说，就是没有人出头组织实施。

正在苏眠破案无果，焦头烂额时，住在他楼上的光头来找他。光头是河南人，在小城南边的山里开矿。因为不想在小城住一辈子，就舍不得花大价钱买大房子，临时买一套二手房凑合。苏眠最看不起这些暴发户的嘴脸，开个皮卡，整天嘴上叼支雪茄，腰里别个能装下砖头的皮包，走路眼睛总瞅着天上。苏眠不止一次在心里说，等你落到我手里再说！光头递一支雪茄给苏眠，苏眠说，我不抽。光头讪讪地抽回手，对苏眠说，听说我们楼上被盗了，有线索了吗？

苏眠说，没线索。又说，你有线索？眼里是不屑的神情。

光头说，不瞒你说，我在小区大门暗暗装了个摄像头。

摄像头？苏眠吃了一惊，我怎么没发现？

光头一笑，你看见了就不是“暗暗”安装的了。

苏眠说，你知道在公共场所私安监控器犯法吗？

光头说，不知道。我只知道我们这个小区不安全，也没人管。以前总有人家被盗，小偷小摸住户不报案，损失大一点的报了案也没有结果。你知道，我开矿，家里总会放点东西。那次回老家，在电子器材市场见到这一套监控设备就买回来了。

苏眠也顾不上追究光头的责任。再说，这样的责任也是民不告官不究的事。苏眠对光头说，你在监控器里看到可疑情况了？光头说，我这几天在山上，刚回来就听说了小区被盗的事。知道你负责就来找你了。还没顾上打开。

苏眠就带了一个民警来到光头的家。

苏眠调出出事那晚的监控，果然发现在晚上11点左右，从大门里走进一个穿黑色夹克的男子，鬼鬼祟祟的。苏眠一眼就认出这个人是辖区有名的飞贼，人称无敌手的二毛。就在苏眠紧锁的眉头刚刚舒展开来时，心头却忽然一紧。苏眠在监控里看见林丽和一个矮个子男人一同走进了大门。那个男子苏眠认识，是林丽高中同学，现在是小城数一数二的房地产开发商。

苏眠的头“嗡”的一声大了。

邮电小区被盗案破获后，苏眠和林丽的婚姻也走到了尽头。两个人客客气气地办理了离婚手续。接下来，林丽委托给她办理离婚手续的律师重新帮她打一场官司。光头被林丽告上了法庭。

令人庆幸的是，邮电小区从此再也没有发生过盗窃案件。

喜羊羊与灰太郎

苏眠接手这个案子时正和妻子林丽闹离婚。苏眠的心情很不好，工作状态也不尽人意。

苏眠的老家处在城乡结合部的苏村。那地方原来有个私企煤矿，村里年轻人多在煤矿打工。后来，煤矿因为出煤量少，又加上出了几起人命事故，老板跑了，煤矿荒废了，千疮百孔的土地种不了庄稼，村子里的年轻人只好出远门，去广州、深圳打工。留守苏村的就是些老弱病残和少年儿童。

案件是这样的，开超市的胡海放在门市部抽屉的8000元现金昨晚被盗。胡海的小超市不像洛城的超市那样，有玻璃门和电子防盗设施，就是路边普普通通的三间砖瓦房，经营点烟酒副食、日用百货。烟没有贵重烟，酒也没有名牌酒。按说，胡海的经营款项从来不在门市部放的，这次失窃的现金是从银行取出，准备第二天进货的，放在另外一个抽屉，晚上关门时忘记了。

犯罪分子的手段很拙劣。木门靠近地脚的地方挖了一个不规则的洞，洞的周围显出黑色，是那种铁器烧红烫出的黑。这个小孔足可以钻进一个人。苏眠试着钻了一下，没有成功，站起身，自嘲地笑笑，太胖了。边上看热闹的人说，瘦子就可以了。可以判断，犯罪嫌疑人一定是从这个挖开的洞里进去的，里边的门杠完好无损。苏眠把怀疑对象锁在二秃子身上。二秃子是苏眠的同龄人，从小就不是个正经人，是那种大法不犯，小法不断，平时没法管，严打抓进来的惯偷。怀疑二秃子，有一个重要原因，就是他的身材瘦小，所谓五短身材说的就是二秃子。

苏眠把他的怀疑说给村长听。村长点头。当苏眠和村长来到村西头的二秃子家时，低矮的三间土房子，铁将军把门，看着门面上蜘蛛结的网，村长一拍脑门，你看我的脑子，二秃子年前就和我们家的军军出门了，说是到镇江打工，一直没有回来。听我军军在电话里说，二秃子现在可好了，做了车间的带班哩。

案件一时陷入僵局。苏眠一筹莫展。回到家，女儿正在看电视，是那部“喜羊羊与灰太狼”的动画片。妻子林丽陪在女儿身边边看边给女儿织毛衣。老实说，苏眠不喜欢这部片子，充满了欺诈和钩心斗角。可女儿喜欢，妻子林丽也喜欢。看到苏眠愁眉不展的样子，林丽问，怎么了，又让案件难住了？苏眠本来不想理她的，也许是真的难住了，随口说道，老家出了件偷盗案，三天了，毫无头绪……林丽听了苏眠的话，只说了一句话，那么多钱，总要花啊。苏眠脑子忽然灵光一现。

第二天，苏眠动用了能动用的警力，在苏村及周边地区摸排走访，碰头会上，终于有了收获。洛城一家手机店营业员反映，三天前，有两个孩子在他们那儿买了两部时尚手机，总共花了三千多元。当时她们还咋舌，这么小的孩子，哪来这么多钱买手机？第二天，苏眠打电话叫来了村长，村长又打电话叫来了中心校的校长。在营业员的描述里，村长说，可能是我们村的苏佩和刘言。校长就打电话给学校，让查一下这两个学生的动向。不多时，六年级的王老师骑着摩托风风火火地来了。王老师说，苏佩和刘言三天前就没来学校了。这两个孩子的父母都在外地打工，孩子是校外住宿生。打孩子原来提供的家长电话，一直联系不上。

看来这起案件的犯罪分子肯定是这两个孩子了。苏眠就纳闷，当时在现场，咋就没想到是孩子作案呢。搜查了全洛城的网吧，没有找到苏佩和刘言。正在苏眠焦头烂额时，有个私人宾馆的老板来到派出所，几天前，他们宾馆住进两个男孩子，到现在也没有出门，敲门不开，喊话不应。服务员找了个借口开门进去，见到两个孩子在看黄色录像，所以来反映了。

苏眠和办案民警来到宾馆时，苏佩和刘言还在看电视，不过他们看的不是黄色录像，是喜羊羊与灰太狼。苏佩和刘言的房间里，床上、地下是一片狼藉的小食品和碟片。堆在他们面前的是一台笔记本电脑。

案件终于破了。苏眠却高兴不起来。据苏佩和刘言交代，他们那天晚上上网回到住处，肚子又饿得咕咕叫。到超市本来是要弄点吃的的，不想在抽屉发现了那么多钱，就……苏眠问，为什么买手机，苏佩说，给爸爸妈妈打电话啊。刘言说，想爸爸妈妈了，方便联系。几年了，都没有听到爸爸妈妈的声音了。至于笔记本电脑，两个孩子都说，手里一下子有了这么多钱，不知咋花，想起在网吧上网的事，就买了电脑。再说，城里孩子有彩电和电脑看喜羊羊与灰太狼，他们只有听人家议论的分。有了电脑，买了碟片，想看什么就看什么。问，黄色碟片怎么回事，说是买碟片时，老板推荐的。这种碟片老贵呢。老板看到他们手里有钱，就推荐他们买。苏佩和刘言都说，难看得很。还是喜羊羊与灰太狼好看。

案件的处理结果是，由于两个孩子不够法定年龄，警方已督促其父母赔付了被盗现金，并责令其父母对他们严加管教。

这件案件结束后，苏眠再也没有提起和妻子林丽离婚的事。他开始坐在沙发上陪女儿看喜羊羊与灰太狼。妻子林丽手里也没闲着，开始织第二件毛衣，是苏眠的。

生命的密码

真应了那句魔咒。七年后的这个秋天，苏眠和林丽的婚姻终于走到了尽头。这是个特殊的日子，七年前的今天，苏眠和林丽在亲戚朋友的祝福声里走进了婚姻的殿堂。那时候，谁也没有想到，走过七年，就要分手。

说好的，今天在一起吃个团圆饭——也不团圆了，为了不影响才上小学的女儿，孩子送到姥姥家了，由姥姥接送。然后就去民政局办理手续。苏眠和林丽在这个事情上没有吵一句嘴——既然不能白头到老，就分开吧。勉强在一起，都不好受。女儿是无辜的，林丽说，她带。她不愿意看到自己的女儿遭受后妈的白眼。苏眠说，你带也好，我还是孩子的爸爸。我会养活孩子的。

说穿了，其实也没有什么。林丽最大的毛病是打麻将，俗称垒长城。而苏眠是个喜欢安静的人，工作之外不打麻将、不跳舞，更不会去 k 歌和浴足那种场合。苏眠甚至连烟酒都不沾。苏眠唯一的爱好就是下班钻进书房，看书、写博客。这样的男人在今天已经是珍稀动物了。两个性格迥异的人生活在一个屋檐下，如果不是天翻地覆地吵闹就是寂寞冬夜的冷战。苏眠和林丽属于后者。

分手吧？分手吧！

从民政局出来，苏眠和林丽各揣了绿本，神情怪怪地走到马路边。现在，苏眠要坐 1 路车去城东，林丽坐 5 路车去城西。就在苏眠迈开脚步要去对面的站牌时，林丽忽然走过去，拥抱了苏眠，眠，对不起……苏眠的眼窝一热，拍拍林丽的后背，说，祝你好运。苏眠说完这句话，和林丽分开，抬脚就走了出去。

就在苏眠转身抬脚的一瞬间，一辆小轿车飞驰而来，苏眠惊呆了，一动不动……当苏眠倒下的刹那，一只大鸟飞翔起来，在金色的天空画出一条优美的弧线，重重地跌落在灰色的马路上。

揣着绿本的苏眠静静地坐在医院的陪护房里。洁白的床上躺着脸色同样洁白的林丽。苏眠在惊悸之后爬起来，才知道在小轿车撞上他的一瞬间，林丽冲上来，撞开了他，而林丽娇小的身子却变成了一只飞翔的大鸟。已经是半个月了，林丽还在昏迷中。林丽头上的一点外伤已经痊愈。但她的大脑受到严重撞击。医生说，她可能永远躺在床上醒不来，就是医学上说的植物人。

把林丽接回家后，苏眠开始翻阅大量的有关植物人康复的资料。没有一样有效药物可以医治这种病。唯一的可能是亲属在病人的身边真情呼唤，也许某一天，奇迹就会出现。

苏眠接回了女儿，每天放学和晚上，女儿就在林丽的耳边喊妈妈、妈妈。林丽还是无动于衷。苏眠办了停薪留职，在家经管女儿和林丽。每当女儿上学走了，苏眠就爬在林丽身边，一遍一遍地呼唤林丽。在呼唤林丽的日子里，苏眠才感到了以前不曾有过的林丽的好。林丽虽然喜欢打麻将，可每天下班回来，林丽都会做好苏眠喜欢的饭菜等她；林丽虽然喜欢打麻将，可她从来没有耽搁女儿的上学接送。苏眠的衣服、甚至内衣内裤、臭袜子都是林丽洗得香喷喷叠放整齐……苏眠在外边的干净清爽其实都是有一个贤内助啊。想到这儿，苏眠的眼泪就流下来。他用手掌狠狠一抹，说，林丽，我一定要把你唤醒来。

每天晚上，苏眠就在网上查有关植物人苏醒的案例。有一个案例说，用患者最喜欢的人和事呼唤有奇效。文中就是用麻将声唤醒了沉睡三个月的病人。苏眠忽然想到，林丽不是一直喜欢打麻将吗，每次接到电话说三缺一，就很兴奋。苏眠好像发现了新大陆。苏眠找到和林丽打麻将的朋友，说出了自己的想法。这些麻友都很同情林丽，就同意和苏眠配合。麻将桌就放到了林丽的床前，苏眠坐在林丽的身边。搓麻将的哗啦声和苏眠一句一句的“林丽，快，三缺一”“林丽，快起来啊，三缺一”的喊声从此就在苏眠的家里长久不衰。

一个月后，林丽奇迹般地站了起来。

站起来的林丽好像失忆一样，再也没有去打麻将，好像她一直就没有这个爱好。当然，苏眠和林丽身上的绿本已经换成了红本。

聪明人

乌有道无疑是一个聪明人。

乌有道的聪明表现在及时、果断和无悔。外面世界的信息他总是第一时间知道，然后对这一信息采取果断措施。即使后来的事实证明他的信息来源是多么的不靠谱，他采取的措施是多么的可笑，他也总会找出各种理由来证明他的无怨无悔。

比如说吧，3 月 17 日，当“快买盐吧！浙江的盐已经卖到五块钱一包”。“北京更贵，听说多少钱已经买不到了”这些消息像大雨来临之前的飓风在大街小巷传播时，乌有道已经坐在自家的床头抽烟了。乌有道的脸上已经没有外人的恐惧、迷茫和无措。就在他居住的这间小房子里，他脚前面的空地上，十箱没有拆封的食用盐正码在那儿。老婆说，就你能！买了那么多还不是两块钱一包，比平时贵了五毛。乌有道说，头发长，见识短。等等看，那些人想买还买不到呢！果然，不断有消息传来，小卖部的盐卖到三块，很快就没货了，人民路上的商店一包盐卖到两块五，也没货了，超市，对，刚刚得到消息，在超市买盐的人站了很长的队，从超市里站到马路上，从马路上站到南门口，每人限购两袋，时间不长，每人限购一袋。但，还是有人站了一个上午的队，人到跟前了，盐却没有了。

乌有道听到这些消息，脸上是满足和得意。乌有道对老婆说，看，咋样？你老公聪明吧?!

乌有道住的房子不足十平方米，如果不是里面有一张床，那简直就是一个堆放杂物的仓库。从门口到床边，仅仅能放下一只脚的通道。两边是密不透风的物件。面袋子、米袋子、油桶子、药袋子、酱褐色的陶瓷罐子、瓦盆、瓦罐、箱子、盒子、挂面、洗衣粉……就连他的床上，除过睡觉的地方，也堆满了布袋子、方便袋、烟盒、罐头瓶等。这些东西都是涨价时乌有道抢购回来的。

老婆说，那年非典，你买了那么多板蓝根，现在都当柴烧了。

乌有道说，你也不说说，那些板蓝根冲剂，我们现在有个头疼脑热的不是还在喝吗？

老婆说，早过期了，喝也不顶用。

老婆说，看着这满屋堆放的面袋子我就生气，面袋子底下都结块了。还吃。乌有道说，那不是涨价吗？我们当时省了五百块的。

老婆说，还有那几桶子油。现在的价格比那时还低。

乌有道说，那时一天一个价，涨得凶。

老婆懒得和他理论，转身要走。乌有道说，盐是调和头，没盐咋吃饭啊？

事实证明，乌有道这次又是聪明反被聪明误。当天晚上，电视上就公布说，日本的核辐射根本影响不了我国的盐。陕西台也说了，我们的盐是甘肃的矿盐。有镜头显示，盐库里的盐多得我们吃不完。第二天，市面上就正常了，超市连夜拉回的盐堆得超市门前像山一样。政府广场也是山垛一样的盐。

乌有道在老婆的奚落里低了头。但乌有道随后说出的一句话却让老婆无言以对。乌有道那句话是这样的——我十年前买的这个单元房现在可是涨了十倍啊！

残疾人

认识马书记是在一次酒桌上。2009 年的秋天，县文联和耳东镇联合举办“首届釜山红叶节”，邀请了省上、周边各县文化界人士登釜山，赏红叶、赋诗文。第二天早上，有关部门和文化界人士在政府宾馆举办了“釜山红叶高端论坛”。

酒席上，一高一矮，一胖一瘦、一黑一白两个人在各个酒席间劝酒。我身边的朋友介绍说，那个矮的是镇长，瘦高个是书记。我注意到白白净净的书记长着一张书生脸，他的手里举起的是一个茶杯。

书记和镇长来到我们席间的时候，卡壳了。我们席上的老吕就是不接书记的酒。老吕说，书记啊，这不行，哪有敬酒的人自己不喝酒的理。老吕是我们这个席上年龄最大的，他不喝，下面的节目就进行不下去了。走在书记身后的镇长站出来，说，我们书记不喝酒，我替他喝。老吕说，我一会和你大战三百回合。现在是我和书记喝。书记顿了一下，说，我是一个残疾人。

老吕上上下下把书记看了看，不相信地摇摇头。书记说，去年两会时，我同样给县长敬酒，县长说，你自己端着茶杯给我敬酒，我不喝。我说，县长啊，我是一个残疾人。我这个残疾人给您敬酒，你总不能不喝吧？县长同样看了看我，疑惑地摇了摇头，端起酒杯一饮而尽。老吕同样没有问书记哪儿残疾了——那是人家的隐私啊。老吕举起酒杯一饮而尽。

就这样，马书记用一只茶杯敬了满场的酒。

席间，酒酣意浓时，开始讲段子。和我们同一桌的镇长忽然说，想不想听听我们书记残疾人的故事？老吕第一个支持，早就想问呢，没敢问。看着好好的一个人，咋就是残疾人了？黑矮的镇长一笑，露出白玉似的牙齿。一次，我们辖区一个矿上老板宴请我和马书记，酒足饭饱后，老板把我们领到洗脚城。洗脚出来，进入休息室，老板不在了，进来两个花枝招展的女孩。书记一拉我，快走！我们前脚迈出门，就听后边那两个女孩同声说，残疾人！

我们这个桌上的人都笑了。

后来，镇长说，我私下里就喊我们书记残疾人。正在这个时候，书记也走过来，说，又在我背后说我啥坏话哩？镇长说，给大家讲你的残疾人来历哩。书记就一笑，我这个人就是十足的残疾人。就说这酒席上，一不会抽烟，二不会喝酒，你说是不是残疾人？

哦……老吕这才知道，残疾人原来是这样啊。我们就都在心里说，这个书记还真是个清官呢。软硬不吃，鸡蛋没有缝，不是清官都难。

一转眼，就是秋天了。

当我们一行兴高采烈地从省城赶到釜山，登山赏红叶时，同行的诗人诗情大发，站在高山之巅，面对满山红叶激情朗诵；歌唱家放声高歌；也有背了画夹的，就用两块石头支了画夹，刷刷写生；更有那些拍客，长枪短炮，满山转悠着抢镜头。我们下山后已是夜幕初合了。在山下一片广阔的野地里，篝火燃起来，男男女女载歌载舞。

第二天的酒席上，见到那个矮子镇长，没有看见书生气的书记，我就悄悄问身边本县文联主席，残疾人呢？主席一惊，残疾人？我说就是那个马书记啊！他恍然大悟似的，你说他啊！出事了。受贿一百多万。

不可能啊？他是个“残疾人”！

主席笑笑，这个世界没有不可能的事。只有想不到，没有做不到的事。

一桌子的人就都不说一句话。

我是自己摔倒的

乌子虚终于来到了无稽城。

乌子虚来到无稽城是用一双脚走来的。乌子虚是乌有村唯一不会骑车子也没有钱买车子的人。乌子虚活了六十多岁，当村上其他人用脚走着去镇上时他总是在村子里转；当村子里其他人骑上车子去镇上时他才用脚去了一次镇上；现在，当村子里的人骑上摩托，坐上公交车去无稽城的时候，乌子虚还是走着去镇上。这一天，乌子虚觉着自己再不去无稽城，也许这辈子都去不了无稽城了——乌子虚明显感到自己的腿脚不那么灵便了。

乌子虚是早上天刚麻麻亮就起的床。乌子虚喊老婆锅带起来熬糊汤。乌子虚说，我要去无稽城啊！老婆锅带在被窝里含糊地说，去无稽城？你没喝酒吧？三十里地呢？乌子虚说，老婆子少啰嗦。我能走动的。说着，在堂屋地上“咣！咣！”地走了两步。

老婆极不情愿地起身，套了大襟黑棉袄，在腰里囫囵囵缠了一条看不出颜色的腰带，给二环锅里添了两瓢水，猫腰给灶间添了柴，从锅台摸索出打火机点了火，这才从锅里舀了水去洗脸。

乌子虚喝了两老碗洋芋糊汤。乌子虚喝着洋芋糊汤时，心里就想着“洋芋糊汤疙瘩火，除过神仙就是我”的俗话。乌子虚心里说，乌有村还别说，就我一个神仙哩。你有钱咋的？钱是身外之物，生不带来死不带去，还要时时防着贼偷；你当官咋的？今天当官有人求你，明天下台就有人踢你的响尻子。在下要提防底下人给你放冷箭，在上还要时时看着官老爷的脸色行事。你有车咋的？开到路上前怕撞了别人，后怕别人撞了自己。还要加油，还要缴过路钱。乌子虚这样想着，就真如神仙般飘然起来。

乌子虚飘然来到无稽城的时候，太阳刚好一竿子高。乌子虚站在无稽城的西施嘴，看眼前无稽河两岸的高楼大厦把蓝天割成一缕一缕的，就想起乌有村瓦蓝的天空和棉花垛一样的白云，心里就疼了一下，但这种疼的感觉瞬间就被面前走过的漂亮女子给带走了。乌子虚心里说，城里的女人就是不一样，脸皮咋恁薄，眼睛咋恁亮，眉毛咋恁弯？乌子虚这样想着就又往前走了几步，刚好有个公交车到站了。车上的人像乌有村林子里的蜂“嗡”地倾巢而出。乌子虚抬头看着车上下来的红男绿女，谁知脚下一绊，一下子摔倒在地。

乌子虚的腿脚本来就不好，刚才只顾着看西洋景，没有看脚下，一下子就摔倒在路边的道沿上。乌子虚的头磕在坚硬的水泥台阶上，就有殷殷的血流出来。乌子虚试图自己坐起来，但他努力了几下都没有成功。他这才感觉到自己的脚脖子扭伤了。乌子虚看见车上下来的人群朝他这边望望，又望望，就是没有一个人过来帮他。乌子虚心里说，无稽城的人都咋了？没看见一个老人摔倒了吗？没看见一个老人头上流血，脚下受伤站不起来了吗？

乌子虚这样想着的时候，看见从车上下来最后一个小伙子。小伙子长得很干净，小伙子也看到了乌子虚。小伙子疑惑地看看前面走下车的人，向乌子虚走过来。走在小伙子前面的一个四十多岁的女人转身拉了小伙子一下，说了句什么。小伙子顿了一下，摇摇头，还是朝乌子虚走过来。

乌子虚在医院住了三天，头上的线拆了，脚也不疼了。乌子虚就出了院。

三天里，小伙子有空就往医院跑。小伙子给乌子虚买羊肉泡馍吃，也给乌子虚的老婆锅带买羊肉泡馍吃。乌子虚的老婆锅带就对乌子虚说，这小伙子多好啊？他撞你也撞得好，要不撞你咋知道他是这样一个好小伙子哩。乌子虚就拿眼睛瞪老婆，就你会说话？你会说话回乌有村说去。

乌子虚出院后，还是用脚在无稽城里转了一圈。无稽城有公交车，乌子虚不坐。乌子虚说，走着舒服，再说，走着看了西洋景还不花钱。

乌子虚走到东施口，看见好多人提了脑袋在看电视。乌子虚也提了脑袋去看。乌子虚在电视里就看到了自己，看到了小伙子。小伙子说，我没有撞他，是他自己跌倒的。

派出所的人说，你撞没撞他不是你说了算，是要有证人的。你没有证人就是他说了算。

乌子虚看见自己重重地点了点头。

乌子虚赶紧缩了头，走出人群，乌子虚用拳头狠狠地在自己的头上捶了几下。

乌子虚捶头的时候没有想到他又一次跌倒了。这次他是面朝下跌倒的。鼻子也出血了。乌子虚的周围一下子聚拢了好多人。好像刚才看电视一样的一群人。但是，这些人只是看着他指指点点，没有一个人伸出手来拉他一把。

乌子虚还是想，这无稽城的人都咋了？没看见一个老人摔倒了吗？没看见一个老人鼻子流血，脚下受伤站不起来吗？

乌子虚这样想着的时候，就听见边上有人说，看见没？这就是刚才电视上那个老汉。

边上马上有人接话，对，就是那个鸡啄米似点头的老汉。

另一个人就说，现在这世道啊，多一事不如少一事。弄不好他又把你粘上了。

乌子虚忽然就扬起他沾满鼻血的手掌，大喊一声，是我自己摔倒的！乌子虚喊完这一嗓子，看见漫天都是一片血红色。湛蓝的天空一下子血流成河。

厕所不收费

乌子虚下决心要去无稽城时，老婆锅带从腰里掏出一卷钱给他说，拿上。乌子虚把老婆的手推回去，说，我要钱干啥？进城我是两条腿，回来我是腿两条。再说，我就是去看看无稽城的西洋景，给眼睛过过生日。难不成看看还要掏钱啊？老婆说，还别说，就是啥都不买也要花钱哩。你没听说，在无稽城上个茅厕也要掏钱吗？

乌子虚就笑老婆是老眼光。乌子虚说，你没看见电视上都说了，无稽城从10月1日起全部公厕都取消收费了吗？

老婆最后还是在乌子虚的口袋里塞了10元钱。老婆说，腰里没铜，不敢胡行。

乌子虚在无稽城的街道走着，数着，他数这条街道上有多少漂亮的女人——其实是橱窗里的模特；他数这条街道上有多少照得见人影的大玻璃门——更多的是酒店。有时候他还站在大玻璃前整整自己的衣帽，龇牙咧嘴地笑一下。乌子虚也注意到了香飘整个街道的饭馆，但他努力地咽下一口唾沫，在心里说，我是来看西洋景的，不是来花钱进馆子的。

乌子虚逛了西施嘴，看了东施口，去沉鱼塘转了，去落雁坡溜了，看看太阳西斜，西边天空彩霞满天，就想着明天也是个好天气。乌子虚这样想着的时候心里说，该回家了，要不，老婆锅带该操心了。

乌子虚紧赶慢赶往家走时，忽然觉得尿意来了。

乌子虚越不想尿，那地方越憋得难受。乌子虚就拐进仕途路尽头的市民游乐园。因为他看见游乐园大门左手有一块指示牌——公厕，那个箭头直指前方。乌子虚进门的时候没有人阻拦他。他明明看见大门西边的房子里有个狮毛头女人看了他一眼。乌子虚快步走到厕所跟前时，厕所门口的老头伸手拦住了他。

乌子虚说，不是说公厕不收费了吗？

老头说，是不收费。我们要的是进游乐园的门票。这个厕所是给游乐园的市民方便用的。你没有游乐园的门票就不能上厕所。

乌子虚转身就走。

乌子虚一生气，尿意竟然全无。乌子虚走出游乐园的大门，尿意又来了。乌子虚看看周围都是门面房，连个空地儿也没有，只有夹紧了腿往西走。乌子虚走到体育场门口时，看见体育场西南角有个厕所，想也没想就进了体育场大门。还好，体育场大门没有看门的，想必就不会收费了吧。

乌子虚刚要进厕所，从一边走来个阔脸大嘴妇女，伸手拦住了乌子虚。

乌子虚还是那句话，不是说公厕不收费了吗？

阔脸大嘴妇女说，是不收费了。我们要的是健身证。体育场给每天来体育场锻炼的市民发了健身证，当然了，这健身证是要钱才能办到的。我们的厕所是给来体育场健身的市民服务的。你没有健身证当然不能上厕所。

乌子虚再气，再急。尿意全无。

乌子虚想着，趁现在没有了尿意，赶紧走，走出无稽城，随便站在哪儿都可以撒尿了。乌子虚想起在乌有村的时候，随便站在哪个坎儿，哪个树后都可以撒尿。那次正在老槐树下撒尿，偏偏就碰上村里的寡妇黑氏了，一个转身啥事都没有。这无稽城撒泡尿咋都恁难？

乌子虚还没有走出无稽城，尿意又来了。乌子虚吸取了上两次的教训，不再乱撞。他走向路边的一个闲人，问，附近哪儿有公厕啊？回答说，没有。你可以去那家超市看看。超市都有厕所的。乌子虚就按那人指的方向走进一家超市。果然，在超市的最后边，左拐角有一个“卫生间”。乌子虚知道，城里人把厕所就叫“卫生间”。乌子虚看看左边玻璃门上有个戴礼帽，叼烟嘴的男人头像，就低了头往里走，边上一个保安模样的小伙子伸手拦住了他。

乌子虚说，不是说公厕不收费了吗？

小伙子说，是不收费了。先生，请出示您的购物证。我们超市新规定，进门的顾客自愿领取购物证。有了购物证才可以无偿使用超市的卫生间。

乌子虚返回超市门口，要领取购物证。吧台小姐说，5 元钱。购物后收银台会自动返回的。

乌子虚捏了捏口袋里的 10 元钱，怏怏地走出了超市的大门。

乌子虚一泡尿憋了两个多小时，出了超市大门，倒没有一点尿意了。乌子虚就庆幸自己刚才把持得好，要不，为了一泡尿还要花去 5 元钱哩。

乌子虚看着车站进进出出的人群，想也没想就进了车站。果然，在车站候车场的后边，有一个公厕。乌子虚径直走进去，刚好和一个人撞了个满怀。那人说，找死啊？失急慌忙的。乌子虚也不搭话，就往厕所里走。那人却拉住乌子虚的后襟，把车票拿出来！

乌子虚说，我没有车票。

那人说，你没有车票你上啥子厕所吗？

不是说上厕所不收费了吗？

是不收费了。可我们是车站厕所。车站厕所是为乘客服务的。你不是乘客，你就不能上厕所。

乌子虚说，你等着。你等着。

乌子虚转身来到车站售票厅。乌子虚冲玻璃窗口里的漂亮女售票员大声说，乌有村。

售票员瞪了他一眼。乌有村？

乌有村！

漂亮女售票员旁边年龄略大一些的女人说，xx 路口。

漂亮售票员丢出一张票说，10 元。

乌子虚拿着车票雄赳赳气昂昂地去了厕所。

扎堆儿

乌子虚坐车进城，到城里的时间就早多了。冬天里，天空中是灰蒙蒙的。乌子虚到无稽城时，太阳还没有出来。走在还显清冷的大街上，乌子虚看到有几个老头老太太拿着马扎、小板凳急急火火地往前赶，就拽住从身边走过的一个老头问，老哥，赶啥啊？

老头说，跟着走就是。一定有好事。

老头头也不回地往前赶了。

乌子虚又拦住从面前走过的一个穿大红对襟棉袄的老太太问，妹子，赶啥啊？

老太太瞪他一眼，谁是你妹子？

乌子虚弄了个大红脸。立时噤了声。老太太见他发窘，这才说，我也不知道，你跟着走就是。肯定是好事。

乌子虚想想自己也没有什么正经事，干脆跟着他们去看西洋景。

乌子虚懵懵懂懂地跟着老头老太赶到剧院，心里想，原来这些人是来看戏的啊。进了剧院的大门，暗红色的剧场大门早开了。从四面八方赶来的老头老太进了剧场。乌子虚看到，年久失修的剧场里，椅子早就缺胳膊少腿了。怪不得来看戏的老头老太都带着马扎、小板凳呢。

乌子虚找了个缺一条腿的板椅仄身坐了。却见戏台子上没有大红帷帐，也没有演员出出进进。只有个大灯泡子在那儿孤单地发着白光。一会儿，出来了两个穿西服扎大红领带的男人，一会儿又出来两个穿西服围白底蓝点纱巾的年轻女人。

这些人上了台，并不唱戏，而是在台子上拿出大盒小盒的保健品，你方讲罢我登场。只看见手势忽高忽低，口中白沫四溢，说的是天花乱坠，药到病除，凉水都能点着灯。乌子虚低头看台子下的老头老太，有低头抽烟的，有交头接耳说东家长拉西家短的。乌子虚就弄不明白这些人来这么早赶这么急究竟是弄啥来了。

就在乌子虚不抽烟，也没有人可拉闲话，实在坐不住了，起身要往外走时，旁边一个老太拽了他一下，说，快了，就要发奖品了。

啥奖品？

等等就知道。

乌子虚就等。果然不大一会儿，从台上下来俩人，一个人抱着个大纸箱，一个人从中拿出一把不锈钢小勺，依次分给台下的老头老太太。乌子虚就听见前面一个老太太埋怨，昨天还给一把铲子的，今天就是个小勺？

乌子虚想，这些老头老太太起个大早，急急火火赶到这儿感情不是看戏、也不是听保健知识，更不是买药，而是来领奖品的啊？

乌子虚手里拿着一把明晃晃的小勺，走在无稽北路。太阳已经从云端钻出来，白白地亮着。乌子虚漫无目的地走着，快到全有超市了，却被面前一条长龙挡住了去路。这条长龙从超市的大门延伸出来，在人行道上越伸越远，眼看就要伸过无稽河，延伸到无稽南路了。无稽城的交警调集了两辆警车在无稽桥头值班，控制着龙尾的蔓延趋势。

乌子虚站在龙尾，问前面的人，排队干啥啊？

那人说，不要问。大家都排队，你只管排就是。肯定是好事。

乌子虚和那人一问一答的时间，身后已经站了十几个人。

乌子虚迈着踏死蚂蚁的脚步蹭进超市，才知道是超市搞促销，每人一块豆腐，每斤一块三毛八，外边每斤一块八。

乌子虚说，我不要。

售货员说，你怎么能不要呢？一斤比外边少四毛，一块豆腐五斤，就少两块啊！

乌子虚还是说，我不要。

售货员说，你怎么能不要呢？站了那么长时间的队？不是说时间就是金钱嘛。你耽搁了时间，买了豆腐就省下两元钱。不买豆腐你就亏大了。

乌子虚想想也是。就掏出老婆锅带塞在他兜里的10元钱，买了一块豆腐。

出了超市大门，乌子虚捏捏找回的三块一毛钱，心里说，三块钱刚好够回家的车费，赶紧回家吧，再不回家，弄不好又要走回去了。

乌子虚也不再看街道两边的西洋景，匆匆往车站赶。

乌子虚正走着，看见路边有一圈人都伸长脖子围在一起。好奇心驱使乌子虚又一次走过去，加入了扎堆儿的人群。

原来在圈子中间，一个穿皮夹克的小伙子正拿着黄灿灿的耳环、耳针、项链对周围的人群喊，我们这款首饰市场价是888元，现在的推广价只卖188元。真心宣传的人我们是免费赠送的。但是为了试试大家宣传的诚意，现在看谁敢掏188元买这款首饰?

就有胆大的掏出188元拿在手上。有一个人掏，紧跟着就有四五个人掏钱。小伙子收了第一个人的钱，把一款首饰给那人，继续收了那四五个人的钱，把首饰给了那些人。正在外边的人庆幸自己没有掏钱上当时，小伙子又说了，一块黄铜一块金，拿到大街试人心。可见人心都是试出来的。188元钱一下子就试出了谁是真心给我们公司做宣传的。谁是来拾便宜的。今天为了表彰这些真心宣传的人，我们也真心把这件纯金首饰送给他们。小伙子话说完，就把手里的钱一一返回给那四五个人。

圈子外边的人又后悔不迭。

小伙子又说了，我们公司是诚信公司，为了回馈消费者，现在超低价赠送首饰给大家。有诚心的朋友请拿出你的区区188元。

这一次掏出188元钱的人比上次多了。小伙子一一收了大家的钱，把首饰一一送出去，就开始大讲特讲公司产品的优点和特性，再也不提返款的事了。

乌子虚明白了这就是老人说的江湖卖当的。庆幸自己兜里只有三块一毛钱。要不，肯定上当了。

忙啊忙

乌子虚下了车，从街边小卖部买了一箱白象手擀面，就急匆匆去了农贸市场。乌子虚跨进乌有道门市部时，乌有道正和一个顾客讨价还价。乌有道问，您要啥鞋？乌子虚没有言语。乌有道转过身才看见是父亲来了。不好意思地讪笑一下，招呼父亲，爸，您来了，也不提前打个招呼，我去车站接您！

乌子虚说，你总是忙啊！

外边有顾客喊，这鞋咋卖？

乌有道给父亲做了个无可奈何的表情，说，又要忙了。乌子虚说，你去忙吧。乌有道出去和顾客讲价钱的时候，乌有道的老婆喊，有道，你忙啥呢？没看见有顾客吗？乌有道冲对门童装店的老婆喊，父亲来了！

乌有道老婆这才走进里间。爸，您啥时候来的？

乌子虚说，想丫头了，来看看。你弄啥去了？

乌有道老婆说，一个月前刚把对门的童装店接了。我们俩人忙得顾不过来。乌有道老婆说着话，就去给乌子虚倒了一杯水来。说，爸，你喝水，我去看看有顾客没有。有道眼拙。看不住摊子。

乌子虚说，你忙去吧。我就走。

乌有道老婆说，您甭走。中午我给咱们做——米饭吃。乌有道老婆的“米饭吃”已经是走出里间后说出的。

乌子虚抽了一支烟，喝了一杯水，看看再也没有人来招呼他，讪讪地站起来，走出里间，看看乌有道还在和几个顾客你少一块，他加一块的讲价钱，再看对面，乌有道的老婆更是忙得不可开交，一张嘴同时和几张嘴在那较量。乌子虚走出门市部，说，我走啊！你们忙。乌有道说，爸，你再坐一会儿，我这儿一会就好。乌子虚说，忙吧。忙吧。乌有道就喊老婆，爸要走了！乌有道老婆顾不上出门，就站在店里喊，爸，中午吃了饭再走！乌子虚摆摆手，你们忙。你们忙。

乌子虚出了农贸市场。直接上了无稽北路，到了“xx 土特产加工公司”大门口。就有个老头问，找谁？

乌子虚说，找乌有义。

乌总啊?！你是谁？乌总交代了，闲人免进。

乌子虚这个气啊——你就说，有个糟老头子来找他了，叫乌子虚。

老头钻进门房，打了个电话。没一分钟，乌有义来到大门跟前。爸，您咋来了？也不打个电话。我不是给你装了个电话吗？乌子虚说，我那个电话就没有话。边上的老头插嘴，电话没有话？乌有义说，去去去，看你的大门去。

乌有义接了父亲手上的香蕉，说，买这东西干啥？屋里有。乌子虚跟在乌有义后边上楼，说，知道你有。我是给孙子的。

乌有义给父亲泡了一杯龙井，随手给父亲抽出一支精品好猫，说，太忙。顾不上回家看您和我妈。

乌子虚说，你当老板了，闲人都免进了。肯定忙。

乌有义说，爸也笑话我了。也是的，到年终了，各个部门都要跑一跑。你不跑就有你的小鞋穿。相对于公家企业，我们就是私生子啊。

正说着话，桌上的电话响了。乌有义接起电话，“喂”了一声，脸上马上就堆起谄媚的表情，是冯局啊?！我知道，我知道。下午三点。对！对！老地方，老地方。

放下电话，乌有义说，又一个贪官。双手做了个无奈的摊开手势。

乌子虚抬头看看乌有义身后墙上的挂钟，时针正好指向两点半。乌子虚牛饮一样喝干茶水，用手抹了一把嘴，站起来说，我走了。孙子回来，记着让他回家啊！

乌有义说，爸，您再坐会儿？我再给您倒杯水！

乌子虚说，你忙吧！别让我和你妈操心就行！

乌子虚真的想回家了。他不想在无稽城多待一分钟。孩子小时，总盼着他们有出息，盼着他们走出农门，盼着他们出人头地。盼着他们都成为城里人。现在，他们都成了城里人了，可都不是他的孩子了。

乌子虚正往车站赶路时，一辆黑色小轿车停在他身边。乌子虚以为他挡了人家的道，就往边退了一步。车门打开，从车上下来的是乌有仁。爸，你啥时候来城里的？也不打个电话？咋不到我那儿去？

乌子虚这才看清原来是大儿子乌有仁。乌有仁现在是城关镇的书记，上次大孙女回老家，给乌子虚说，她爸快要当局长了。乌子虚说，看来，咱们乌有村要出大人物了。说这话时，乌子虚有感慨，有自嘲，也有点担心。三个儿子，就老大有出息，也最让他放心不下。小时候，乌有仁学习最好，鬼点子也最多。

乌子虚说，我去你两个兄弟家了，都是忙。我想着你更忙，就没去。这不，正赶着回家啊！

乌有仁说，您要来城里，打个电话，我开车来接您和我妈。

乌子虚说，你又不是不知道，你妈要来城里早来了。我和你妈就是农民的命，住不惯城里的楼房，睡不了城里的软床，也上不了城里的厕所。

乌有仁说，爸，上车吧。我今天刚好要到市里去。就把您先送回家。

乌子虚说，你有事你忙吧。我坐公交车方便得很。

乌有仁说，是啊，年关了，忙。该走的路子没走，该通的关系没通，后边的路就不好走啊。爸，你知道，我混到这步不容易。再不跑跑，就该退休了。

乌子虚说，钱是啥？官是啥？生不带来，死不带去，都身外之物。你的事我们不懂。不要让你妈操心就行，

乌有仁说，爸，我知道。

乌有仁上了车，车屁股冒了一股青烟就消失了。

乌子虚看着小轿车消失的方向，怔怔地站住了。

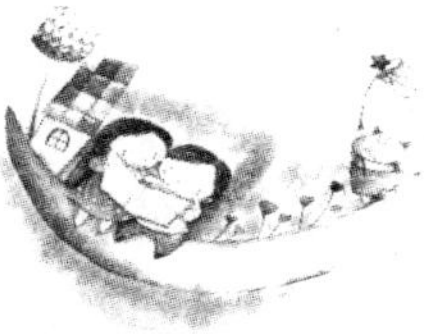

谁的摩托丢了

这个晚上，乌子虚没眨一下眼。乌子虚知道，老婆锅带也没有眨一下眼。两间砖门面土墙的厦屋是乌有仁在家时盖的，不到20平方的空间盘了个土炕，土炕前面还放了个看不清颜色的木柜，柜子上边同样一个看不清颜色的木箱，那是老婆锅带当年的嫁妆。柜子前面的地上堆了一行装粮食的同样看不清颜色的蛇皮袋子。袋子旁边就是乱扔的鞋和小木凳、还有一把弯镰、一把扫帚。人的眼睛在黑暗里睁久了，就看得清黑暗里的一切。乌子虚看着黑魆魆的天棚，叹了一口气，翻个身，还是不能入睡。

老婆锅带也翻个身，也叹一口气。乌子虚说，睡吧！睡吧！

锅带说，你说啥人把摩托偷了？

乌子虚说，我要知道就找他要去了。唉！

锅带说，我要是不回院里就好了。我咋就回院里看你印纸了？

乌子虚说，现在说那干啥啊？我要是不回来印纸不是也没有那回事了？

锅带就说，我回来时你还在摩托跟前立着哩，咱回到院里没有一碗饭的工夫……

唉！

唉！

正月十五晚上，在陕南山区，只要能赶回家的人都要回老家给先人坟上散灯哩。十五那天，整个街道两边摆满了大中小红颜色的蜡烛，有带竹签的，也有没带竹签的。更有那有烟花爆竹专卖证的门市部，也摆上了平常不卖的大红蜡烛，整捆整捆的烧纸、冥币。穿西服头发油光的干部和灰头土脸的打工仔掏出大小面额不等的钞票买回烟花爆竹、烧纸蜡烛，然后小轿车、摩托、公交车赶回老家。这个夜晚，村子里家家户户房前屋后点上了星星点点的蜡烛，野地里，星星点点的蜡烛在夜色里摇曳，一堆堆烧纸的火光映红了跪在坟前人的脸，此起彼伏的烟花把平常静寂的乡村夜空划得贼亮。

乌有道就是在这个正月十五的傍晚骑摩托车回老家的。乌有道把摩托车停在老屋的院墙外边时，心里还想着把车放到院子里边，抬眼一看楼门门槛，犹豫了一下，就打消了这个念头（事后乌有道想起这个没有实现的念头就后悔死了）。乌有道在心里说，我不一直把车放在这儿吗？乌有道把车后架上的烟花爆竹、烧纸蜡烛拿下来，父亲乌子虚和母亲就走出楼门，母亲说，回来了?！你哥呢？

乌有道说，在后边。马上就回来。

乌有道看看天色尚早，二哥乌有义还没有回来，就给母亲说一声，我去老房那边转转啊！乌有道边说边跨出楼门，走向对面老房已经坍塌的院场。乌有道在老屋的院场里转转，看院子里那颗花蕾饱胀的梨树，摸摸快要开花的桃树枝条，用手指甲抠抠老核桃树的皮，这些都能唤起他童年的欢乐和记忆。看着结婚第二年和妻子一架子车一架子车拉土盖起来的厦屋，屋顶上迎风晃动的茅草，乌有道心里五味杂陈。乌有道瞬间决定上房打扫茅草。乌有道去隔壁人家借了梯子，上房打扫瓦沟的落叶和茅草。

母亲赶过来喊乌有道，你哥回来了，快下来。一会儿天就黑了，去沟里路不好走。乌有道奶奶的坟在南边沟里。

乌有道说，妈，你回家让我爸先帮我印纸，我就下来。

乌有道把梯子还给人家，走到父母住的院子外边，老远就看见摩托车不在了。乌有道的头“轰”地就大了。乌有道喊，妈，我的摩托呢？

乌子虚和老婆赶出来，看着放摩托车的地方空空的，一下子傻眼了。

我回来时你爸还站在摩托跟前的。我刚回院子里……

乌有道走过去看摩托车辙，前轮转了一个圈，直直地下了门前的通村水泥路。乌有道说，完了，摩托车被人偷走了。

乌有道那晚没有去先人的坟上散灯就回县城了，再晚一会就没有回县城的公交车了。乌子虚和老婆锅带千叮咛万嘱咐，回家千万不要和老婆吵嘴，她骂你你就少顶嘴。财去人安，想开些啊。有人就能挣下钱，有钱啥都有了。

乌子虚和老婆给儿子宽心。儿子走了。乌子虚和老婆锅带的心却宽不起来。乌子虚说，怪我，我就不该去印纸。早知道这样，我就站在摩托跟前。老婆锅带说，怪我啊，你印你的纸，我不该回去看你印纸啊！我要是在院子外头不就啥事也没有了。乌子虚说，几千块钱哩，不是好挣的。乌有道媳妇脾气又不好，你知道。

这个夜晚，乌子虚和老婆锅带一夜没有合眼。天亮了，你去城里看看去，就给他们说，财去人安。是啊，天亮了，我就去城里。有人了，啥都有了。

乌子虚赶到城里时，乌有道的门市部早开门了。乌有道和老婆正在里边玩电脑。乌有道说，快起来，我要写个东西。老婆说，你没看见我正在偷菜吗？

乌子虚就怔怔地站在门外，不知道该进去还是悄悄溜走。

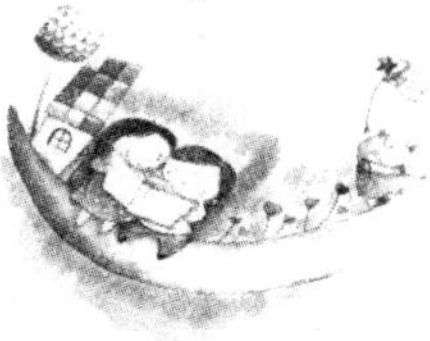

该死的春运

正月初六，乌子虚看看天色尚好，野地里没有一丝风，白翅儿绿嘴儿的喜鹊在门前光枝丫的梨树上喳喳地叫。乌子虚就喊老婆，走，今个儿我俩厮去无稽城走走。老婆锅带一边甩手上的泔水，一边说，又是哪根筋不对了，想去城里逛？乌子虚说，年年正月城里都耍社火哩，你不是最爱看走高跷吗？今个儿就让你看个够。锅带说，要去你自己去，我不去，年前我俩都去给人行情，倒叫贼把家里偷了。你忘了？乌子虚就说，家里有啥值钱的？你不去我去。

乌子虚穿了大儿子乌有仁买的皮鞋，二儿子乌有义买的对襟缎子袄，戴上三儿子乌有道买的灯芯绒帽子，活脱脱是一个电影里的土财主。锅带说，看把你美的，上城会相好的啊咋的？乌子虚说，就是哩。我上次去无稽城体育场上厕所，见到一个打棍棍球的老婆子，就是比你长得好。那白头发也是一丝一丝的银子样哩。锅带说，去去去，你去会去，怕的是人家看不上你呢！

说话间，乌子虚揣了钱在口袋。锅带说，多拿些，小心回不来了。乌子虚边走出楼门边说，回不来就不回来了。寻白头发老太啊！锅带低声说，老不死的，老了还不正经。

乌子虚走出村子，过了川河，上了一个慢坡，走到公路边已是气喘吁吁了。好在公交车还没有来，就站在路边等车休息。不一会，那辆绿色的车“扑哧”停在乌子虚跟前，乌子虚才要上，后边冲上来三男俩女，一下子把乌子虚挤到一边去了。乌子虚上到车上时，只能站在车门口。乌子虚说，电视上不是说了，不准超员吗？边上的售票员说，这是春运！知道吗？春运。

乌子虚抓住门边的把手，努力把身子站稳。售票员喊了两声，哪位给这位老人让个位？车上没有一个人应声。乌子虚冲售票员微笑了一下表示感激。售票员是个年轻的女人，她看着乌子虚无奈地摇摇头。乌子虚正被车子晃来晃去摇得头昏脑涨，售票员喊，买票！乌子虚从把手上腾出一只手，递给售票员5元钱。乌子虚等了半天也没见售票员找零，就喊，嗨，找钱啊？售票员说，找啥钱？乌子虚说，不是三元吗？售票员说，这是春运。大爷。

乌子虚就没了言语。

乌子虚看到社火时，太阳正端端地照在头顶。打头是一条张牙舞爪的龙，紧跟着的是两头狮子和一只小狮子，只见那母狮温柔，公狮彪悍，小狮可爱，一只红色的绣球把三只狮子逗得团团转。看狮子的人眼睛也跟着狮子团团转。狮子后边是一个官老爷坐轿子，脑后的官翅儿左边摇右边不动，右边摇左边不动，那个做官儿的身子转着让观众看翅儿，脑袋却一动不动。边上就有人说，那是功夫。轿子后边就是高高的芯子。童男玉女被高高地缚在顶杆上，长长的水袖在空中前后摇摆，孩子的脸上没有一点表情，像两个橡皮娃娃。红红的脸蛋不知是胭脂还是被初春的寒气冻的。芯子后边就是高跷了，男男女女穿着戏装，很夸张地穿插走动，有的还走起“忠”字舞唱起久违了的红歌。乌子虚看着高跷后边那些红男绿女走秧歌、甩扇子，一下子就忘记了自己的年龄，仿佛回到了四十年前，他和晓梅走秧歌的时光。那时，他们在无稽城上高中，放寒假时晓梅说，留下来吧，参加我们社区的社火队。因为社火队表演有报酬的，更主要的是乌子虚那时真的喜欢和晓梅在一起就留了下来。

社火队已经走远了，乌子虚还没有从遐想中醒过来。嗨，你不是乌子虚吗？

乌子虚惊醒过来，才看见自己身边站着的正是那天在体育场见到的白发老太太。老太太说，你不记得我了？我是晓梅啊？高中同学。乌子心虚说，无稽城这地方就是邪，想曹操曹操就到。这才依稀记得晓梅的模样。那时候，他和晓梅是同桌，晓梅是城里人，身上总散发出一股浓浓的香皂味。从农村来的乌子虚就喜欢偷偷用鼻子嗅晓梅身上的味儿。乌子虚仔细看了看白发老太太，说，你真是晓梅？老太太说，是啊！我是不是很老了？又说，是啊，我们都老了！乌子虚从老太太脸上找到一点点晓梅的影子。说，你真的是晓梅！那时候，乌子虚从心里喜欢晓梅，梦想着考上大学了，就有资格追求晓梅。可等他大学毕业，晓梅已经是别人的妻子了。乌子虚说，你还好吗？晓梅说，还好。你呢？好着哩。

乌子虚说，老汉呢？没一起出来？晓梅说，老汉？还没老就跟别的女人走了。乌子虚就不敢多问。晓梅叹了一口气，说，还好，有个儿子。上了大学，在北京工作。乌子虚就说，过年回来没有？

晓梅说，打了电话，说春运车紧张，车费也高就不回来了。

该死的春运！

乌子虚忽然冒出这么一句。

晓梅看看乌子虚没有说一句话。

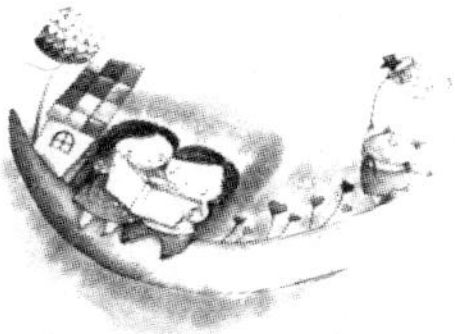

所在地

乌有道接到一个电话，是省作协创联部的。电话那头说，今年的作协会员审查会就要开了，怎么只有你的资料没有登记表啊？乌有道受宠若惊，写小说多年终于媳妇快要熬成婆了，就颤声说，是吗？是吗？我也不知道。那边问，你的资料咋送来的？乌有道回答是通过市作协递送的。那边就说，是这，我们明天就给你寄去登记表……乌有道没等那人话说完就说，我明天正好来省城，不用寄了。我亲自取。

乌有道拿回了有编码的作家协会入会登记表，看了必填栏目，给老婆说，我不管店里的事了，我忙啊！乌有道打开电脑，开始整理个人简介，从他出生写到年过半百。哪年出生，哪年到哪年在某某小学读书，哪年到哪年在某某初级中学读书，开始喜欢文学（记得征婚启事上最喜欢用这个词儿了），哪年到哪年在某某高级中学读书，有文字变成铅字，哪年到哪年出了书，哪年到哪年开始写小小说，作品散见于某某报刊……乌有道整理完个人简介，又开始整理主要作品。这个好办，年前正好给北京某出版机构整理了个人创作大事年表，搬过来就行。乌有道忙了多半天，在老婆的埋怨声里终于把登记表填好了。

乌有道对着节能灯把登记表看了一遍，很满意也很惬意。乌有道在党派关系栏写了个“无”，在职务栏打了个叉，和工作单位（职务）栏目对视了两秒钟，无限惆怅地空起来。现在，就是找两个作协会员做介绍人了。这个简单，乌有道早想好了，小城名脸不但是小城电视台的名脸，也是小城文学圈的领袖人物，还有那个出了中短篇小说集子的胡大队，虽说是干的铁面无私的计生工作，在小说里却是慈眉善眼，极尽怜悯和同情之心的作家。乌有道打了两个人的电话，两个人满口应承，说没问题。小城多一个作家就是小城的荣耀，也是小城打造陕南文化强县的动力啊。

当这张登记表几乎填得满满当当，就在乌有道几乎要手舞足蹈时，一个不起眼的但却是非常重要的栏目把乌有道难住了。那个栏目是“所在单位意见”。这个栏目要“所在单位”签署意见，并且要盖红彤彤的红陀（公章）。

乌有道骂出“该死的红陀”时，正走在返回城里的路上。前面说过，乌有道把“所在单位（职务）”那个栏目空着，原因是乌有道根本就没有单位。乌有道在小城做一分很小的生意，但这分很小的生意因为乌有道持之以恒的坚持，为他在小城买了房子，也为他的孩子在小城学校缴了学费。同样因为这分坚持近乎二十年的生意，乌有道在老家农村已没有了土地和土地上的附属物——农业补贴等惠农政策应给的既得利益。乌有道把登记表拿给村上主管红陀的人看时，人家说，这个章我不能盖。你已经二十年没有土地了，家里的老房子也倒塌了，你在城里有房子，说句不好听的话，你的孩子怕都找不到老家在哪了？我管的是农村的公章，农村是啥，农村就是土地，土地就是农民。这个公章现在已经管不到你了。乌有道好话说尽，大伯啊，大爷啊，不就是一个红陀吗，你按一下又不少啥。再说，我这又不会去犯法。但那个人就是不给他盖章。那人说，你找你所在地盖章吧！

乌有道骂完那句话，见到公路上那辆绿色的公交车马上就到了，赶紧跑过去。乌有道窝了一肚子的气回到小城，老婆问他红陀盖了没？乌有道说盖个屁。恭喜你包括我们全家已经不是农民了。乌有道胡乱扒了两口饭，一看时间已经两点多了，就去找物业管理处。物业管理说，你的事应该找小区。乌有道找到小区，小区看了乌有道的登记表，摇摇头，伸开无奈的双手，一副爱莫能助的神情，恭喜您！但这个公章我们不能盖。你看看，你的附件里你的身份证上地址是某某乡某某村某某组。我们不是你的“所在单位”。乌有道说，我没有单位。小区说，你有所在地吧？你的户口就是你的所在地。乌有道说，我的户口说了，我已经不在所在地了，这儿才是我的所在地！小区不管他，转过身忙自己的事了。

乌有道拿着登记表走出小区，口袋里响起“不要再来伤害我”的歌声。乌有道拿出电话接了，是作协的。作协那头说，乌有道吗？后天就要上会了，你的登记表寄走没有？乌有道说，还没有。那头说，你咋搞的？明天用快件寄啊！乌有道还要说话，那头已经挂了机。乌有道漫无目的地走在大街上，忽然看见电线杆上代办证件的牛皮癣广告，就打一个过去。

乌有道在自己的登记表上“所在单位意见”栏龙飞凤舞写下“同意”二字。乌有道盖的红陀是这样的——无稽城乌有社区。

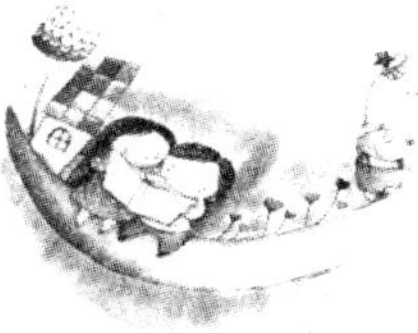

喝豆浆

乌有道不抽烟，不喝酒，唯一的嗜好是喝豆浆。问题是，现在他连豆浆也喝不上了。

乌有道有个好习惯。每天早起，就去体育场跑三圈，倒着走一圈，再慢步走一圈。四十多岁的人了，没有所谓的“三高”，也没有“椎间盘突出”。做完了这些功课，乌有道就从体育场后门出去，在“来一碗”小吃店喝一碗豆浆，吃一根麻花。“来一碗”小吃店经营豆浆、麻花，馄饨、米线和水煎包子。乌有道雷打不动的是豆浆和麻花。麻花可以没有，豆浆是每天必喝的。乌有道一坐到铺塑料布的桌前，那个胖脸凸肚的女人就说，来一碗？乌有道说，来一碗。

这个冬天，乌有道心血来潮，没有去体育场，而是上了仓颉园。仓颉园西南，新建了市民健身乐园。乌有道在铺着青砖的跑道上跑了两圈，在各种健身器械上做了运动，又眼馋了几十人的健身操，看看太阳已经一竿子高，就开始下山了。

乌有道下了99级台阶，走过挂了红红灯笼的步行街，就要穿过朝圣门了，忽然发现，在朝圣门一侧有个小小门脸，门脸里面正对着大街的一面墙上，喷绘了一幅热烈的广告画，底色是粒粒饱满的黄豆、红豆、绿豆、黑豆和芝麻。在这些诱人的画面上呈扇形出现一行字“浓香现磨豆浆吧”。乌有道就是被这幅浓烈的画面吸引过去的。乌有道走过去，才看见这个小小的门脸前站了好多人，穿着时尚的年轻女子，穿臃肿羽绒服的老人。乌有道看到那个年龄稍大的女人正把泡好的黄豆倒进豆浆机里，加了水，摁了开关，机子就“突突”地工作，不到一分钟，新鲜的豆浆就出来了。柜台后边站的男孩手忙脚乱，一边给杯子里倒豆浆，扣盖子、插管子、一边收钱。

乌有道喝了一杯黄豆豆浆。这一喝，就再也放不下了。这个现磨豆浆吧的豆浆真像广告上说的，比咖啡更好喝，比牛奶更营养。这里的豆浆比以前喝的豆浆好多了，浓、香、鲜。喝在肚里，香在嘴里。

这个冬天，乌有道天天上山，天天喝豆浆吧的豆浆。有一天下山时，碰到以前在小吃店的“豆友”，那个满头白发的老头喊他，走，去“来一碗”。好长时间没有见你了。乌有道说，我现在是“来一杯”了。就义务介绍了浓香现磨豆浆吧的豆浆，硬是拉了“豆友”去喝豆浆吧的豆浆。

这一天，乌有道买了豆浆，才走两步，忽然看到豆浆吧隔壁墙上贴了一张招聘启事。细看了，知道是豆浆吧招服务员，月工资1000元。乌有道回到家里，无意间给老婆说了那个招聘启事的事。工资挺高的。乌有道说。在这个小城市，无论是饭店还是超市，招聘员工基本工资都不会超过600元。乌有道老婆就说，我去问问，真要是那样的话，让囡囡去。囡囡是他们的小女儿，今年上高一，马上就放寒假了，正嚷着说今年寒假打工啊。

囡囡还真就在这个豆浆吧上班了。

囡囡上班的第一天早上，乌有道照例去喝豆浆。乌有道端了囡囡倒的豆浆，把一元五角钱递进去。囡囡喊了一声“爸——”。乌有道说，收你的钱。转身就走了。老板问囡囡，那是你爸？囡囡说，是的。我爸给钱了。老板说，第一次见，不认识。

乌有道第二次去喝豆浆时，人不多。老板亲自给乌有道倒了一杯豆浆。乌有道把钱递进去，老板说，不收钱。您昨天来，我真不认识。乌有道说，咋能不收钱呢？我有钱。说着把钱放进柜台里面，转身就走。晚上，囡囡下班回来说，爸，我老板给你倒豆浆用的是我们内部杯子，不记数的，所以不收钱。你走后，他把钱又给我了。

乌有道说，那咋行？你明天把钱给人家。不收钱，我以后还咋去喝豆浆啊?!

再去喝豆浆时，乌有道就提前把一元五角钱掏出来，豆浆还没有倒出来就把钱递进去。老板就是不收。还是用内部杯子倒了满满一杯豆浆递出来。乌有道说，你不收钱我就不喝了。老板只好收下钱。那天晚上，乌有道上厕所，无意中听到刚刚回家的囡囡和老婆谝闲传，囡囡说，我老板那人就是好，我爸喝豆浆的钱，他又给我了，还不让我给我爸说。乌有道就暗叹一声。咬咬牙，下了一个决心。

第二天，乌有道再也没去豆浆吧喝豆浆了。而是去另一家豆浆吧喝了一杯。遗憾的是这杯豆浆和囡囡打工的那家豆浆味道差远了。

晚上囡囡回来专门找了父亲，爸，我老板说了，咋不见您去喝豆浆了？你喜欢喝就去喝，他照样收你的钱就是。乌有道说，你老板的好心我领了。孩子，我是不想让人家说女儿在那，我就去蹭白食啊？

乌有道再也没有去囡囡打工的豆浆吧买豆浆。但，乌有道喝豆浆的嗜好并没有丢。囡囡知道这其中的原委，只是再也没有在父亲面前说破。乌有道的小聪明早被囡囡的老板识破了——那个替乌有道买豆浆的老头每次拿出来的杯子其实都不一样，一个是计数的，一个是不计数的。一个收钱，一个不收钱。当然了，钱还是囡囡保管着。

有一天，囡囡问老板，我打工你给我开工资，我爸喝豆浆的钱你为啥不收啊？老板说，做生意是做生意，做人是做人。这是你父亲教给我的道理。

人人都能做领导

领导是在那个暖冬走进乌子虚的家的。领导坐着黑色轿车，从黄沙岭南边去北边上任。随同领导一起赴任的是一个司机。领导一直住在大城市，很少见到满山红绿相间的树叶，树叶之上湛蓝的天空和那棉花垛一样的白云。领导对司机说，开慢点，开慢点。轿车就像一只黑色的蜗牛，在盘山公路上踯躅爬行。领导在绿树掩映里，看到三间忽隐忽现的白墙灰瓦房子，看到门前池塘的绿水，绿水里白毛红掌的鸭子，岸边悠闲散步的乌子虚，领导就在心里说，世外桃源啊！

领导就下了车，径直走进了乌子虚的家。乌子虚抬头看见领导，惊讶之后是摇头。领导也抬手揉了揉眼睛，领导甚至用手去乌子虚的脸上摸了摸。领导说，你是我吗？乌子虚说，你是我吗？乌子虚同样用手在领导的脸上摸了摸。乌子虚和领导真是一个模子里刻出来的，个子高低，身材胖瘦、一样的肥头大耳、一样的凸肚挺胸。如果穿了同样的衣服，外人根本分不出伯仲。领导忽发奇想，我就在这儿“白云人家”了，让乌子虚去做领导。领导把这个意思告诉乌子虚时，乌子虚惊得张大了嘴巴。乌子虚把手摇得像个蒲扇一样，连说，使不得，使不得！我不是做领导的料。领导说，你不做咋知道不是做领导的料。人人都能做领导！领导说着话，就脱了自己的衣服。领导强迫乌子虚穿上自己的衣服，领导甚至把他随身的手机也给乌子虚了。领导把乌子虚拉到镜子前，领导看着镜子里气宇轩昂的乌子虚，再看看刚刚换上乌子虚衣服的自己，领导对乌子虚说，看看，谁更像领导？乌子虚红光满面没有说话。领导又说，什么时候领导做烦了，就来找我。你要高兴做领导，就不要回来了。乌子虚说，领导啊，你也教我几手做领导的秘诀嘛。领导说，“哼哈”二字。

领导和乌子虚走进轿车时，司机有点等不及了。司机把乌子虚让进轿车，连正眼都没有看领导一眼，就把领导扔在了黄沙岭。

乌子虚做了领导，只须板着一张脸，遇到有人打招呼“哼”一声就过去了。乌子虚走进办公室，屋子刚刚收拾过，窗明几净，一尘不染。檀香木办公桌上，一台液晶电脑打开，电脑旁是一盒芙蓉王香烟，烟盒旁是个很精致的烟灰缸。乌子虚大了胆子坐上高靠背的椅子，屁股放在真皮椅上就是和放在硬木凳子上感觉不一样。乌子虚看着阔大的房子里就他一个人，好半天也没有人来理他，就握了鼠标乱点。还别说，点了就看进去了。先看新闻，什么猪吃人，人咬狗。再看美女，看明星绯闻。然后看地震、看神舟六号。看这些的时候，乌子虚先是抽了一支烟，抬头看看门，见没有人来，又抽了一支烟。乌子虚看了神舟看美女，看了美女看老虎。烟抽得多了就喝茶，茶喝多了就抽烟。也不知过了多长时间，有人敲门。乌子虚去开了门，慌得秘书脸色大变。秘书说，陈 xx（乌子虚这才知道领导原来姓陈），该下班了。乌子虚“哈”了一声，秘书缩了头退出去。

乌子虚去开会。乌子虚展开面前的纸笔，准备记录会议内容时，看到周围的人都投来诧异的目光，就停止了伸出的手。乌子虚看到与会的人都两个肩膀抬一只脑袋，有的摇头晃脑在谝闲传，有的拿了桌上果盘里的水果放在桌子底下吃。乌子虚才知道领导也就是如此。边上有人喊他，嗨，老陈吗？乌子虚“哈”“哈”模棱两可，那人就点头，就做了握手的姿势。乌子虚又“哼”了一声，那人的手又缩了回去。

第一次做报告时，乌子虚有点怯场。有几处险些出错。但往往这时候，台下有人首先鼓掌，有人鼓掌，台下全部鼓掌。鼓掌的时候，乌子虚就停顿下来，重新看报告。乌子虚做完报告，场上掌声雷动。

乌子虚知道当领导就是喝茶，就是看报，就是在电脑上打牌、下棋、和那些“美女”聊天，就是对上开会、对下再开会。乌子虚厌倦透顶了。这一天，乌子虚坐车经过黄沙岭，车行到他家附近时，乌子虚让司机停了车，径直走进了他的家。乌子虚看到领导微闭了眼睛坐在院坝里，领导的腿边卧着他那条皮毛光滑的土狗，院子里有几只鸡在悠闲地散步，地上落满了金黄的叶子。在一瞬间，乌子虚明白了什么才是真正的幸福。乌子虚紧走几步，站在领导身边。乌子虚喊，老陈！老陈！领导眼都没有眨一下。乌子虚不得不用手拍了领导肩膀一下。再喊一声老陈。领导睁开眼，看见乌子虚。领导说，你是谁啊？哪来的领导？乌子虚说，我不是领导，我是乌子虚。领导说，你错了，我才是乌子虚。乌子虚说，你不是。你是领导。领导站起来，走进西边的牛棚。领导牵出两头牛，又放出几只羊，拿了鞭子在空中“啪”地摔了一个鞭花，又唤了声“虎子！”那只土狗“呼”地冲到他面前，对着乌子虚“汪汪”地叫。领导说，你看，我还是领导吗？领导说完这句话，吆了牛羊上山，把乌子虚一个人孤零零地扔在院坝里。

一支烟其实怎样

一支烟和一支烟其实不一样，比如价值。乌有道这会儿身上就装了四盒烟，用左手能掏出的是左口袋和右上口袋的烟，分别是软猴王和软骄子；用右手能掏出的是右口袋和左上口袋的硬猴王和芙蓉王。我已经说过，一支烟和一支烟其实不一样，比如价值——同样是一支烟，软猴王是一毛五，硬猴王是两毛五，骄子是五毛，芙蓉王就是一块二了。我，就是身价一块二的那支烟，这会儿正蜗居在乌有道的左上口袋里，随时准备完成乌有道的差遣和使命。

是啊，一支烟和一支烟其实不一样，比如使命。乌有道这次回老家，是为女儿“助学贷款”的事，就是给表格上盖公章的事。看似简单其实不简单的事让乌有道大伤脑筋。首先就是一支烟的问题，给什么人发什么烟其实也是一门大学问。乌有道一下车，就遇到本村的二叔。二叔喊，有道，回来啦？乌有道伸出左手掏出一盒烟，软猴王，抽出一支递过去，叔，上街啊？二叔接过烟，乐呵呵地走了。乌有道走到老屋门口，透过油漆脱落的楼门，看到父亲正蹲在地上忙活。父亲一抬头，看到乌有道，就高兴地喊，叨叨回来了！母亲就出现在乌有道的视线里。矮小的母亲迈着罗圈腿，一张核桃皮样的脸乐开了花。叨叨啊，你回来了？乌有道一脚踏进楼门，说，我回来有事哩。母亲的脸上笑容殆尽，我知道你没事就不回来啊。乌有道一边用左手掏出一支烟——软猴王——递给父亲，一边说，我忙嘛！父亲接过烟，叼在嘴上，边点火，边说，娃是忙啊。又说，啥事？乌有道说，孩子的事。

乌有道马不停蹄地赶到村上会计那儿，会计正在院坝弄烤烟。会计一只裤腿挽在膝盖上，暴露的泥腿上青筋暴突。乌有道已经走进院坝了，会计还是没有看见他。但乌有道已经看到了会计的骨子里——会计是装的。乌有道只有大声喊，舅啊！忙着呢？乌有道在心里喊，狗屁。乌有道的外家和会计在一个村子。乌有道喊完舅，就伸出右手掏出一支烟——硬猴王——递给会计。会计接过烟，很快浏览了烟的牌子，随手夹在耳朵上。啥事？乌有道掏出申请表，说，舅，要麻烦您给盖红陀哩。会计拿起申请表看了看，又塞给乌有道。这要村长签字哩。村长签了字，我这儿就给盖章。乌有道说，以前不都是你一个人说了算吗？会计说，现在不是了。村长也要抽烟哩。乌有道说，好舅哩，你就盖了红陀吧，都是实情嘛。会计说，我知道是实情。可要村长签字哩。要不，要村长干啥呢？前次开会，村长发脾气了，说，村上的事都是我盖章，他连毛都不知道，要他这个村长弄啥呢？乌有道又掏出一支烟，是骄子，递过去，好舅哩，你就当给外甥帮忙哩。你看我回来一次也不容易，还要赶到乡上盖红陀。弄不好，乡上就下班了。会计同样用眼角的余光扫描了手里的烟，叼在嘴上，乌有道赶紧掏出打火机点着了会计嘴上的烟。

乌有道拿上盖了章的表格，马不停蹄地赶到乡政府。乌有道和从民政办公室出来的一个男人走了个头碰头。那人身后的门"哐当"响了一声。乌有道说，我想盖个章。那人扶了扶眼镜，说，没看见下班了吗？乌有道低声说，还没到12点嘛。那人说，你看看，你看看我们墙上的大钟。乌有道抬头看去，正对着大门的一面墙上果然有一个大钟，时针正好指向12点。乌有道在心说，倒霉。但乌有道还是用右手伸向左上口袋。乌有道掏出一支烟——骄子——递过去，师傅，求你了，就盖个章。那人又扶了扶眼睛，下班了。乌有道说，孩子下午要用呢。求你帮个忙。乌有道说着话，手里的打火机已经打着了火。那人叼了烟，开了门，盖了章。乌有道屁颠屁颠地跟在那人后面，一迭声说谢谢！谢谢！乌有道说谢谢的同时，又掏出一支烟递过去。

我跟着乌有道走进一个气派的大门，门里边的台阶上坐了很多学生模样的人和如乌有道一样的家长。乌有道问，还没上班啊？都两点半了。有人说，谁知道呢？我们都等了快一个小时了。乌有道见一个房子的门半开着，就走进去，问趴在电脑上的人，盖章的人啥时候来啊？那两个人头都没有抬说，在外边等着。乌有道走进去，那两个人不得不抬起头，你这人咋走进来了？……哦……是你。乌有道认识其中一个人，是他的高中同学。乌有道说，早知道你在这儿上班，还装作不认识老同学了？那人说哪里哪里，没注意是你啊。乌有道看到他们两人都在电脑上"挖坑"。办公桌上是一杯冒着袅袅热气的茶，一盒撕开口子的芙蓉王烟。乌有道在同学拉来的椅子上坐定，把手伸进我蜗居的口袋，掏出一支烟，又掏出一支烟递给那两个人。孩子的事，需要盖个章。同学说，盖章的人要到三点才上班。是这，你把表放到我这儿，下午来取。这两天盖章的人特别多。

我说过，一支烟和一支烟其实不一样，虽然都是一支烟。比如价值，比如使命。

官　司

三叔来到我这儿时，是一个秋天的中午。当时我正在接梅英的电话。在三叔声俱泪下的叙述里，我挂断了电话。

三叔还是穿着他那件黑呢子大衣，袖口已经磨破了，前襟和领口也没有了细绒和光泽，下摆还沾了从山坡上带来的老婆针，零星的褐色泥点。我知道，那些泥点一定是过洛河时溅上去的。这是三叔上城的标志性着装。三叔的第一句话是，鸿，你要给叔做主哩！人家已经爬到你叔头上了。你爸不在了，叔就你一个亲人了，遇事就要寻你哩。你一定要给叔出气啊！

我给三叔发了烟，倒了水，好不容易稳定了他的情绪，说，三叔，啥事？慢慢说。我民哥不是在家吗？三叔啐了一口，你民哥还是人啊？整个一木头，光知道和人家动手。动脑子的事还要找你呢！你知道满堂吧，就是和你叔我房连基，地挨畔的满堂。我插嘴说，我知道，我满叔嘛。狗屁满叔！我才是你亲叔。狗日的满堂，我的新房庄基和他一棵柿树挨着，要剁他一条树股好说瞎说都不让剁。你知道，那根树股不剁，我的房就盖不成。墙砌到那个树股时，我越看越生气，就叫民把那个树股剁了。狗日的满堂和我打起来了，你民哥那笨猪一镢头就把满堂送到医院了。

啊？人要紧不？

三叔喝了一口水，说，那都是去年的事了。

我说，过去了也就过去了，花点钱买个教训，让我民哥以后做事小心点。

三叔说，哪过去了啊？狗日的满堂把我告了，告到永丰法庭上了。我说，是啊，人家的住院费你要出。三叔说，这我知道，可他要的护理费、误工费我不出。他婆娘伺候他男人咋还要我出钱？误工费一天六十块，那不是讹人哩嘛！就他那怂样一天还六十哩，六块都没得。整天就在房前屋后闲转呢。三叔又说，你知道满堂有个外甥女吧，听说在城里帮人打官司哩，告你三叔的状子就是她写的。狗日的满堂，就显摆他城里有人，我城里也有人哩，我侄子还是城里跺跺脚楼房都晃三晃的人物哩！鸿，你可要给三叔做主哇！多余的钱叔一分都不给他狗日的。

我说，叔，你放心。我一定帮你问问。

三叔走后那晚，我和梅英、郑武他们在知心聚喝茶。喝着喝着，就说到了我三叔的事。梅英说，这个事我知道，你知道我姨夫是谁吗？就是满堂。去年春天，我姨夫找到我，让我给他写状子。我姨夫说了事情大概，我劝姨夫，乡里乡亲的，赔了医疗费就算了。再说，你要是把你那个树股剁了不就没事了吗？农村人盖个房不容易。我姨夫说，是他不仁在先，我不义在后。原来我姨夫盖房时，房子后边紧挨着你三叔的自留坡，东边就一米，你三叔就是不给，房子只好盖个一头沉。我姨夫新房盖起了，心里却一直有个疙瘩。

哦。

这时候，郑武插话了。还真巧了。这个案子是我接手的。

我和梅英不约而同地问，你什么时候调到永丰了？郑武说，去年春天刚调到永丰就接手这个案子。当时还惊讶于这么个小案子，状子咋就写得这么漂亮，原来是我们的梅大律师写的。梅英说，去你的。快说说这个案子。郑武说，刚接手，我想着这是一个再简单不过的案子，农村嘛，三代以内都是扯不断的亲戚，把双方叫来，调解一下就结了。谁知道这个官司打了近两年还是没有结果。我问，咋了？郑武说，简单地说就是500块钱的事。一个非要500块——大宗赔偿都谈妥了——一个死活都不出。官司从去年打到现在，刚开始两人骑自行车来，现在是坐通村公交来。光去年到今年二人打官司花的闲钱都不止500哩。

第二天，我专程回了一趟老家。我的明光锃亮的车子一进村，我三叔的脸上就绽放出一朵花。走路也有了精神。饭后，我进了满堂的新屋。满堂一句话没说，瞪着敌意的眼睛。我说，满堂叔，都不让我坐了？满堂丢下一个字，坐！我说，吃饭没？满堂说，有话就说，有屁就放。我知道你是给你三叔做主来了。我不怕。一个子都不能少。这不是钱的事，人争一口气，树活一张皮哩。

我说，叔，咱先不说那事。先给我倒一碗水。满堂喊灶屋的婆娘倒了一碗水端来放到堂屋的方桌上。我喝了一口，甜甜的——放了糖。我喊，婶，你把我没当外人嘛。我给满堂递上一支烟，一屁股坐在方桌边的长条凳子上。满堂顿了顿，也在那头坐下来。我说，满堂叔，冤家宜解不宜结，再说，又是扯不断的关系。是这，我私下里给你300块，我再给我三叔说，让他明里给你200块。这事就结了。咋样？满堂脸上颜色一变，说，念你娃一片好心，行。这事就这样了。

我回到城里的第二天晚上，三叔给我打电话，三叔一开口就骂我，鸿，你个狗日的，你以为三叔没有那500块钱啊？头都磕了还在乎作个揖？叔是咽不下这口气啊?!

我后来才知道，官司了结后，我三叔和满堂走在回家的路上，我三叔呸了一声，说，你能，就甭让步吗？满堂一听，让你是孙子！我一分钱没少拿。三叔回到村里，才从别人嘴里知道他少出的300块钱是我出了。